KB004019

슬레이어즈 12
패군의 책동

부글 부글

부글 부글

"혹시나 해서 묻네만, 이 보고서 내용이 틀림없나?" 울컥.

"너희들은 노내제 뭘 ... 고 있어?
데몬 발생 사건도 너희들의 짓이지?"
"대답할 필요는 없다!"

슬레이어즈

12 패군의 책동

HAJIME KANZAKA 칸자카 하지메

일러스트 | 아라이즈미 루이
번역 | 김영종

목 차

1. 끈질기게 이어지는 마족과의 인연

어둠은 그저 침묵만을 밤거리에 드리우고 있었다.

밤중이라곤 해도 이 정도 규모의 마을이라면 아직 열려 있는 술집도 있고, 주정뱅이들이 터벅터벅 돌아다니는 게 보통인데, 이 마을에 한해서 말하면 더 이상 열려 있는 가게는 없다.

뭐, 최근 무언가 어수선한 시기이기도 하지만.

당연히 사람의 왕래도 없어서 길을 걷고 있는 사람은 나 혼자뿐.

어둠색 망토를 펄럭이며 땅을 밟는 부츠 소리를 죽이고 나는 홀로 발걸음을 재촉했다.

내가 향하는 곳은….

"또 도적 소탕이야?"

움찔!

별안간 뒤에서 들려온 목소리에 흠칫 몸을 떨며 황급히 뒤를 돌아본다.

"노… 놀라게 하지 마, 가우리…."

―그랬다.

어느 틈에 왔는지 희미한 달빛 아래에 어이없다는 표정으로 서 있는 사람은 다름 아닌 내 여행 동료 가우리였다.

금발 미남. 장신에 검 솜씨는 초일류. 여기까지는 아무런 불만이 없지만, 유감스럽게도 머릿속에는 증식 미역이 들어차 있다.

아마 내가 몰래 여관에서 빠져나오는 걸 발견하고 뒤를 밟은 모양이다.

"놀란 건 나야. 원 참…

또 혼자서만 몰래 여관을 빠져나오고 말야."

"혹시… 가우리도 도적 소탕을 하고 싶었던 거야?"

"그럴 리 없잖아."

속닥속닥 작은 목소리로 언쟁을 벌이는 두 사람.

어쨌거나 야심한 시각이니 그리 크게 소리를 낼 수도 없다.

"하지만.

도적 소탕이라도 안 하면 여비도 보충할 수 없고 허기도 채울 수 없다고."

언짢다는 듯이 말하는 나에게 가우리는 반쯤 질린 얼굴로 물었다.

"너…, 아직도 그 일로 화를 내고 있는 거야?"

"화가 안 나는 게 이상하지."

딱 잘라 말하자 가우리는 작게 한숨을 쉬었다.

"혹시나 해서 묻네만… 이 보고서 내용이 틀림없나?"

그렇게 말하는 노마법사의 표정과 어조는 여실히 '허풍치지 마,

요 녀석. 말이 되는 소리를 해야지'라고 말하고 있었다.

지금으로부터 대략 열흘 전.

크림슨 마을에서 일어난 사건의 경위를 보고서로 정리해서 텔모드 시티 마법사 협회에 제출했을 때의 일이다.

필사적인 마음으로 작성한 두루마리 다섯 개 분량의 보고서를 협회의 윗분께서 대충 읽어보더니 그렇게 말씀하시는 것이었다.

"틀림없어요."

아연실색해서 말하는 나에게 노마법사는 조금 난처하다는 표정으로 물었다.

"증인은… 있나?"

…….

그 말에 나는 한순간 침묵했다.

그 사건의 증인이라면 가우리가 유일한데….

하지만 생각해보라.

우뭇가사리급의 기억력밖에 없는 가우리를 증인이랍시고 데려오면, 분명 그 자리에서 '그런 사건도 있었나?' 하는 헛소리를 지껄일 텐데, 그러면 그땐 정말 완전히 거짓말쟁이 취급을 받을 게 틀림없다.

잠시 생각한 뒤.

"제 여행 동료의… 증언이라면 신빙성이 떨어지잖아요.

그 보고서에도 쓰여 있듯이…… 살아 있는 증인은 아무도 없어요."

"흠…, 그래…."

마법사는 난처한 듯 잠시 침묵했다.

"하지만 솔직히 말해서… 쉽게 믿기지 않는 게 사실이야.

패왕장군의 마검, 게다가 그것이 베젤드에서 일어난 사건과도 관련되어 있다니… 이야기가 너무 터무니없어서…."

울컥.

의심하는 눈초리로 바라보는 마법사를 보자 이마에 핏대가 서는 걸 느꼈지만, 뭐, 생각해보면 무리도 아니다.

이 세상에 '마족'이라는 이름을 가진 것들은 다수 있지만, 고위 마족쯤 되면 그 숫자는 그야말로 손가락으로 꼽을 수 있을 정도.

당연히 그러한 상황이 정식으로 확인된 기록 따윈 없는 것이나 마찬가지이다.

이 세상 마족의 정점에는 마왕 샤브라니구두가 군림하고 그 밑에는 다섯 명의 심복.

그리고 그 밑에 위치하는 게 신관과 장군들. 이상이 고위 마족의 사회(?) 구조인데….

세간에는 이것을 단순한 전설이라고 생각하는 마법사도 적지 않다.

실제로 이렇게 말하는 나 역시 전에는 북쪽 카타트 산맥에 마왕이 있다는 말도 믿지 않았으니 말이다.

만약 그 무렵 지금 보고서에 쓰여 있는 이야기를 낯선 누군가에게서 들었다면, 나는 명성을 위해 꾸며낸 이야기 정도로밖에 생각하지 않았을 것이다.

그렇게 생각하면 노마법사의 반응도 당연하다면 당연하다고 할 수 있다.

그렇기는 하지만….

그래도 역시 배알이 뒤틀린다.

"뭐… 일단 이 보고서는 받아두긴 하겠네….

그나저나 협회에서 의뢰할 것이 좀 있는데…

이 보고서에 쓰여 있는 사건을 해결했을 정도이니 별것 아닌 의뢰일 걸세."

말하는 노마법사의 어조에는 명백히 빈정거리는 기색이 섞여 있었다.

그렇게 나에게 내려진 명령은, 최근 다발하는 레서 데몬과 브라스 데몬의 대량 발생 사건에 대한 조사 보고였다.

일단 최근 사건이 잦은 딜스 왕국 방면으로 가라는 게 협회의 지시였다.

게다가 협회의 의뢰답게, 보수는 들이는 수고에 비하면 엄청 쥐꼬리.

물론 나로서도 이런 의뢰 따윈 맡고 싶지 않았다.

마음만 먹으면 당연히 거절할 수도 있었다.

조사라고 해도 원인 규명에 무슨 단서가 있는 것도 아니고, 사건을 겪은 사람들의 증언을 듣는 것만으로도 대체 얼마나 많은 시간이 걸릴지 알 수 없다.

　이런 귀찮기 짝이 없는 일을 요깟 푼돈 받고 하라는 것 자체가 잘못된 것이다.

　하지만… 하지만 말이다.

　만약 여기서 거절하면 '데몬이 겁나는 모양이군. 그렇다면 역시 보고서도 완전 허풍이겠어'라고 생각할 게 뻔하다.

　그리하여 나는 눈물을 머금고 이런 더럽게 성가신 의뢰를 맡게 되었다.

　물론 맡는다고 대답한 다음, 보수를 늘려줄 걸 요구했다. 기간이 얼마나 걸릴지 모르고 단서조차 없는 일에 이런 보수는 너무한 것 아니냐. 이래서는 먹고살 수 없다고.

　그래서 협회의 높은 분이 주신 게 소개장. 이것을 보여주면 어느 협회에서건 재워주고 먹여준다고 한다.

　쉽게 말해 음식과 숙소의 현물 지급이다.

　하지만 가는 마을마다 협회가 있는 건 아니다. 있다고 해도 주는 음식은 더럽게 맛이 없다.

　덕분에 의뢰차 여기저기 탐문하면서 오늘까지 여행을 하느라 선금으로 받은 돈은 완전히 거덜이 났다.

　이런 상황에서는 싱글벙글 웃는 게 오히려 무리.

　화풀이로 도적단 하나를 박살 내고 금품 강탈… 아니, 노자 보충을 한다고 해서 누가 나를 책망할 수 있겠는가.

　"뭐…, 도적을 소탕하는 건 나쁜 일이 아니라 네 습성 같은 거니까 굳이 말리지는 않겠지만….”

“습성… 이라니….”

사람을 무슨 동물처럼….

그렇게 입을 열려다 말고 나는 말을 꿀꺽 삼켰다.

“리나….”

“알고 있어.”

가우리의 말에 대답하며 나는 작게 고개를 끄덕였다.

주위를 둘러싼 어둠은 한층 무게를 더하고 있었다.

달이 구름에 가린 건 아니다.

어둠에 섞여 있는 어떤 기척 때문이었다.

증오, 슬픔, 질투, 절망….

살아 있는 자가 가진 부정적인 감정 모두를 뒤섞어서 바람에 녹인 듯한 기척….

다시 말해 독기.

이런 기척이 주위에 충만하다는 말은….

“저기, 리나…. 왠지 또… 복잡한 일에 휘말릴 것 같다는 생각 안 들어?”

가우리의 투덜거림에 내가 대답하기도 전에.

콰앙!

무거운 충격음이 조금 떨어진 곳에서 들려왔다.

“저쪽이야!”

동시에 달려가는 나와 가우리.

"분명 이 근처에서…."

"저기야! 리나!"

길모퉁이에서 발길을 멈추고 가우리가 가리키는 쪽으로 눈길을 돌려보니 길에 널려 있는 무언가의 파편.

그리고 그 뒤쪽에는….

사람?!

황급히 달려가 보니 깨진 나무 창틀 파편이 널려 있는 가운데, 엎드린 채 쓰러져 있는 남자가 한 명.

나이는 스무 살 남짓일까. 주위에 흐르는 검은 액체 속에는 밤하늘에 떠오른 달이 붉게 비치고 있었다.

안아 일으켜보긴 했지만 남자의 목숨이 이미 다한 건 명백했다.

가슴 언저리가 뻥 뚫려 있다.

"대체…."

중얼거리는 말이 끝나기도 전에.

살기가 일었다.

가우리가 움직인다.

카앙!

강철이 부딪치는 날카로운 소리는 곧바로 몸을 피한 내 옆쪽에서 들려왔다.

시선을 돌려보니 검을 뽑아 든 가우리와 대치하고 있는 검은 그림자.

검은 그림자라는 건 뭔가의 비유가 아니다. 실제로 그 온몸이 검었다.

몸에 걸친 라이트 메일 같은 것과 오른손에 들린 검은 검. 희미한 달빛 아래에서 보니 그 검은 전체에 이상한 흰 문양이 들어가 있었다.

어딘가의 수상한 샤먼이 무장을 한 듯한 차림이지만 뿜어내는 기운은 틀림없는….

마족….

허공에서 출현한 건 아니다. 아마 여관일 듯한 옆 건물의 2층 창문이 방 안쪽에서 박살 나 있다.

그곳에 묵고 있던 남자를 이 녀석이 습격해서 죽이고 시체 확인을 위해 뛰어내린 상황이라고나 할까?

"그 남자에게 볼일이 있다."

그는 쓰러진 남자에게 시선을 돌리더니 무언가 입에 물고 있는 듯 흐릿하고 어눌한 목소리로 말했다.

"이미 죽었어."

"……."

내 말에 그는 잠시 침묵하더니 문양밖에 없는 얼굴을 이쪽으로 돌렸다.

"죽었… 다고…?"

무언가 생각이라도 하는 듯 잠시 고개를 갸웃거린다.

"그래…. 죽었단 말이지…?"

중얼거리고 다시 고개를 갸웃하며 침묵한다.

머리는 별로 안 좋은 모양이네…, 마족인 주제에….

잠시 침묵한 다음 그는 문득 고개를 들었다.

"너희들…, 날 봤겠다…."

잠깐 기다려! 그쪽에서 멋대로…!

무어라 항의하기도 전에.

검은 샤먼은 땅을 박찼다!

땅을 박차고 단숨에 나와의 거리를 좁혔다!

빠르다!

카앙!

나는 가로 베기 일격을 허리에서 뽑다 만 쇼트 소드로 간신히 막아내고 반대쪽으로 도약했다.

이 녀석…, 강하다!

솔직히 말해서 방금 전의 일격을 막아낸 건 행운이라고밖에 할 수 없다.

조금만 반응이 늦었더라면 나는 칼을 맞고 쓰러졌을 것이다.

검을 완전히 칼집에서 뽑았다면 상대가 휘두른 검의 압력을 이겨내지 못하고 역시 옆구리를 베였을 것이다.

'샤먼'은 일격이 막힌 걸 알자마자 검을 거두었다.

그리고는 동시에 뒤쪽으로 물러나 뒤에서 공격하는 가우리를 향해 검을 뻗었다!

다시 나에게 공격을 가했다면 뒤쪽에서 온 가우리에게 등을 공격당했을 것이다.

그것을 간파하고 한 공격이다.

카앙!

가우리의 검이 그것을 튕겨내자 그와 동시에 '샤먼'은 옆쪽으로 돌아갔다.

이번엔 가우리 쪽이 도약해서 상대와의 간격을 벌렸다.

"리나, 조심해! 이 녀석 꽤 만만치 않아!"

물론 말하지 않아도 안다.

이때 나는 이미 주문 영창에 들어가 있었다.

가우리와 '샤먼'의 순간적인 눈싸움.

그리고 '샤먼'이 땅을 박찼다!

크게 칼을 치켜들고 가우리를 향해 내리친다.

순간 가우리의 검에 망설임이 생겼다.

그의 실력이라면 한순간 '샤먼'의 배를 벨 수도 있을 것이다.

그러나 그의 검으로 마족에게 치명상을 입힐 수 있을까?

망설임은 약간의 시간 지연을 만들어냈고….

카앙!

가우리는 검을 머리 위로 쳐올려서 '샤먼'의 일격을 막아냈다.

동시에….

'샤먼'이 다시 땅을 박찼다!

맞물려 있는 검을 중심으로 '샤먼'이 공중으로 뜬다!

가우리의 머리 위를 뛰어넘어 노리는 대상은 나!

그러나!

"파이어 볼[火炎球]!"

콰아앙!

외워두었던 주문의 일격이 정통으로 상대에게 명중했다!

물론 이런 술법으로 마족을 해치울 수 있을 리 없다. 그러나 파이어 볼이 폭발하며 만들어낸 압력은 '샤먼'을 크게 뒤로 날려버렸다.

가우리와 꽤 떨어진 뒤쪽에 착지해서 다시 고개를 이쪽으로 돌리는 '샤먼'.

"잠깐!"

달리려던 '샤먼'을 내 목소리가 제지했다.

"너, 우리들을 죽인다고 했는데 그건 목격자를 남기지 않겠다는 말이지?"

'샤먼'은 다시 잠시 고개를 갸웃하고 침묵하더니 대답했다.

"그렇다…. 목격자는… 모두 죽인다…."

"그럼 얼른 도망치는 편이 좋지 않겠어? 방금 내 주문의 폭발소리를 듣고 사람들이 몰려올 테니까.

이대론 목격자가 끝도 없이 늘어날 거야!"

상관없다. 모두 죽이면 되니까. 그런 식으로 말할 거라 생각했지만….

'샤먼'은 잠시 침묵한 다음, 순순히 땅을 박차고 드높이 도약해서 다시 깨진 창문 안으로 모습을 감추었다.

"포기한 건가…?"

가우리가 검을 거두지 않은 채 중얼거리며 깨진 창문을 올려다본 그 순간.

콰아앙!

방 안쪽에서 대폭발이 일어났다.

"이제… 어떻게 할 거야?"

가우리가 그렇게 물어온 건 그다음 날 점심.

음식점에서 식사를 하고 있던 도중이었다.

"어쩌하다니… 뭘?"

"어젯밤 그….."

"쉿!"

말을 꺼내려던 가우리의 입에 황급히 닭다리를 처박아서 조용히 시킨다.

은근슬쩍 주위 테이블에 시선을 돌리면서 말했다.

"목소리가 커…. 누가 들으면 어쩌려고 그래?!"

입에 박힌 닭다리를 우물우물 씹어 넘기고 가우리도 나를 따라 작은 목소리로 말했다.

"누가 들으면 어쩌냐니….

우리가 특별히 잘못한 것도 없잖아.

관리들도 사건의 단서를 찾고 있는 모양인데… 사정 이야기를 해주는 게 좋지 않을까?"

후우….

전혀 앞일을 예상 못 하는 가우리의 말에 나는 작게 한숨을 쉬었다.

현명한 분이라면 이미 눈치챘을 것이다.

그렇다. 어제 습격 현장을 목격한 그 뒤.

나와 가우리는 냉큼 현장에서 줄행랑을 쳤다.

당연히 폭발음이 사람들을 불러 모아, 주위에는 큰 소란이 일었다.

오늘도 아침부터 경비병들이 온 마을을 돌아다니며 탐문을 계속하고 있다.

물론 정직하게 이름을 밝히고 사건의 경위를 이야기하는 건 간단하다.

그러나.

"저기, 가우리, 그랬다간 어떻게 될 거 같아?"

"관리들에게 도움이 되겠지."

후우우우우우우우우우….

더욱 깊은 한숨을 한 번.

"묻겠는데… 어제 그 상대의 정체를 뭐라고 생각해?"

"마족이잖아? 그런 기적이었고."

"그렇지? 나도 그렇게 생각해.

뭐, 마족치곤 그리 머리가 안 좋아 보였고 방을 폭파해서 증거를 인멸하는 등 마족답지 않은 짓도 했지만….

어쨌거나 그렇다고 쳐도,

어제 살해된 사람은 잠자고 있을 때 습격당했어.

실제로 입고 있던 옷도 가운이었고.

그런데 묵고 있던 방은 대폭발.

덕분에 피해자의 신원은 아마 알지 못하겠지.

만약 말야,

어제 우리들이 사건의 경위를 관리에게 정직하게 말했다고 해봐.

관리의 눈으로 보면 이래.

마을 여관에서 폭발이 일어나서 신원 불명의 시체가 하나 발견되었는데, 그 옆에 있던 이방인으로 보이는 여마법사와 용병이 옷에 피를 묻힌 채로 '마족이 한 짓이다'라고 말하고 있다.

자, 여기서 문제.

이 경우 그 관리는 어떻게 할까?"

"일단 협력에 감사하겠지."

"안 해!

아무리 보아도 수상쩍은 2인조…, 쉽게 말해 우리들에게 '마족이 한 짓이라고? 잠꼬대하지 마! 진범은 너희들이지?!' 하고 단정하고 체포.

그 뒤엔 우리들이 무슨 말을 해도 안 들어줄 게 뻔해."

"그럴까?

하지만 오해라는 게 밝혀지면 풀어줄 것 아냐."

그의 말에 나는 쯧쯧쯧 하며 손가락을 휘젓고 말했다.

"생각이 짧구나.

어려운 사건이 일어나면 일단 수상해 보이는 녀석을 범인이라고 단정하고 해결했다는 만족감에 젖기 마련이야.

사람이란 본래 그런 존재니까.

나도 전엔 자주 그랬어."

"너란 인간은 대체…."

"그리고 오해라는 게 밝혀진다 해도 그때까지 대체 얼마나 많은 시간이 걸릴 것 같아?

전에 솔라리아에서 있었던 사건만 해도 우리들의 신원과 사건 경위가 어느 정도 명확했음에도 이런저런 사건 진술에 엄청난 시간이 걸렸다고!

아, 기억 못 하려나? 가우리는…."

"아… 아니…."

내 말에 가우리는 지친 표정으로 대답했다.

"마을 이름은 잘 기억 안 나지만… 한참 동안 이것저것 심문을 받은 건 기억나."

음, 가우리조차 기억할 정도로 싫은 일이었나?

"그렇지?

하물며 이번엔 관리들에게 있어서 우리들은 생전 처음 보는 남이야.

　게다가 피해자의 신원은 불명. 단서가 없는 피해자의 신원을 조사하고, 그것과 우리들이 정말 관계가 있는지 없는지를 조사…

　대체 얼마나 많은 시간이 걸릴지….

　그리고 만약 우리들이 정직하게 어제 일을 증언했다고 쳐.

　수사에 도움이 될 거라 생각해?

　의심을 받고 무의미한 심문만 당할 뿐.

　잘못하면 수사 방향이 뒤틀릴 수도 있어.

　그렇게 되면 우리들에게도, 수사에도 전혀 도움이 안 된다고.

　그러니까 지금은 아무것도 모르는 척 냉큼 마을을 떠나는 편이 상책이야!"

　"그래도 되려나?"

　"그래도 돼!"

　사실 그래선 안 되지만.

　"어쨌거나 이 일에 대해선 더 이상 관여하지 않는 거다.

　알았지? 가우리."

　내 말에 가우리는 아무 말 없이 작게 어깨를 으쓱할 뿐이었다.

　말은 그렇게 했지만….

　어제 목격한 그 마족…, 어차피 또 언젠가는 만나게 되겠지….

　난 이런 인연에 관해서는 압도적으로 운이 안 좋으니….

　마음속으로 그렇게 중얼거리고 나는 몰래 우울한 한숨을 내쉬었다.

"하얀… 거인이요…?"

별안간 터져 나온 영문 모를 증언에 나는 노골적으로 눈살을 찌푸렸다.

냉큼 마을을 떠난 다음 날.

데몬 대량 발생 사건으로 피해를 입은 작은 마을에서 사건 탐문을 하고 있을 때 나온 이야기였다.

사건이 일어난 것치고는 마을은 거의 피해가 없었고, 마을 사람들도 여느 때와 다를 바 없이 지내고 있었는데….

"그래. 마을에서 경호차 고용한 용병들 대여섯이 소리를 지르며 도망쳐 오더라고.

마을 사람 모두가 나가봤더니 마을 남쪽 숲 부근에 데몬들이 우글우글했지."

마을의 작은 식당에서 점심을 얻어먹는 대신, 이야기를 들려주기로 한 수염투성이 아저씨는 무의미한 손짓과 발짓을 섞어가면서 설명했다.

"난 데몬이라는 녀석을 본 게 그게 처음이었는데…. 허 참, 그거 정말 크더군.

그땐 정말 죽는 줄로만 알았어."

"하지만 용병이 있었잖아요."

옆에서 물어오는 가우리에게 아저씨는 고개를 저었다.

"아니, 데몬의 숫자가 대략 백을 넘는 것 같았거든."

"백이라고요?!"

"그래. 얼마나 솜씨가 뛰어난 용병인지 몰라도 대여섯 명이 어떻게 해볼 수 있는 숫자가 아니었지.

데몬이 나왔다며 실컷 떠든 뒤에 냉큼 모습을 감추어버렸어.

뭐, 그것도 무리는 아니지만.

이젠 틀렸다고 생각해서 다들 비명을 지르던 찰나에…."

"그 하얀 거인이라는 게 나타났다는 거죠?"

"그래. 아, 로말어 구이를 좀 추가해도 될까?"

"좋아요. 아줌마! 이분에게 로말어 구이 한 접시하고 저에게는 모둠 구이 세 접시랑 런치 C랑 스페셜 샐러드 한 접시 추가요!"

"아, 주문하는 김에 내 몫으로 크라운 소시지랑 베이컨 포테이토 에그랑 경양식 세트 A에서 C까지 하나씩!"

"야, 가우리! 얼렁뚱땅 그렇게 많이 주문하지 마! 그렇다면 나도! 방금 주문에 새끼 양 로스트하고 생선 간 요리하고 거위 알 수프 추가요!

그래서 그 하얀 거인이 어떻게 됐죠?"

"가… 갑자기 진지한 얼굴로 돌아오지 말라고. 조금 박자를 맞추기가 어려우니까.

어쨌거나…

이윽고 데몬들이 습격하려던 그때.

별안간 주위가 환해졌어."

"환해졌다고요?"

"환해졌다기보단 무언가가 빛을 냈지.

그리고 그 뒤엔 데몬들이 모조리 날아가버렸어."

"네?"

"그러니까, 데몬들이 모두 날아가버렸다고.

살아남은 녀석들도 많았지만 말야.

그리고 그 주위에는 나무인지 뭔지가 타고 있었고, 조금 떨어진 곳에 거인이 있었어."

"……."

어떻게 반응해야 할지 곤란해하는 나에게 아저씨는 개의치 않고 이야기를 계속했다.

"크기는 작은 산 정도쯤 되었던 것 같고 온몸은 새하얀 색이었지.

그러는 사이에 거인이 번쩍번쩍 두세 번 빛을 내니까…

데몬들은 모두 전멸했어.

데몬들도 불화살로 응전한 모양이었지만 거인에겐 전혀 통하지 않더군.

내 생각엔 분명 그건 산신령 같은 게 아니었을까 해."

"그… 그렇군요…."

아저씨의 말에 나는 모호하게 대답했다.

마족으로선 최하급인 레서 데몬과 브라스 데몬이라고 해도 백이 넘는 숫자를 단 몇 방에 전멸시키다니….

에누리해서 들어준다고 해도 솔직히 믿기지 않는다.

그러나….

믿기지 않는 이야기라고 하면 지금까지 나와 가우리가 경험한 일들도 다른 사람들에게는 믿기지 않는 이야기일 것이다.

그리고 실제로 나는 이 마을에 왔을 때 입구에서 불에 탄 싸움의 흔적을 목격한 바 있다.

땅에 몇 줄기 큰 홈이 파여 있었고 그 주변은 녹아 굳어 있었다.

인간이 쉽게 만들어낼 수 있는 건 아니었다. 대체 무슨 자국이었을까 궁금했었는데….

만약 그것이 거인인지 뭔지 하는 것의 공격 자국이었다면?

하지만… 그 거인은 대체….

"그 거인과 데몬이 출현한 대목을 좀 더 자세하게 들을 수 없을까요?"

"글쎄…."

아저씨는 복잡한 표정을 지었다.

"거인은 곧바로 사라져버렸고 마을 사람들도 나처럼 멀리서 보기만 했으니… 들을 수 있는 이야기는 아마 다들 비슷할 거야."

"으음…, 그럼 용병들은요? 거인은 둘째치고 데몬들이 나타났을 때의 상황은 들을 수 있을 것 같은데."

"말했잖아, 맨 먼저 줄행랑을 쳤다고.

데몬들이 처리된 뒤에도 결국 얼굴을 비치지 않았어.

뭐, 얼굴을 비칠 의리가 있는 것도 아니지만."

"그럼… 그 용병들이 어디로 갔는지 짚이는 데가… 있을 리 없겠군요."

"뭐, 그렇지.

하지만 어쩌면…."

"어쩌면?"

"가이리아 시티에서 대대적으로 용병을 모집한다는 소문을 들었는데,

어쩌면 그쪽으로 갔을지도 모르겠군."

"우…."

아저씨의 입에서 나온 마을 이름에 나는 무심코 작게 신음했다.

화창한 오후의 햇살이 주위 경치를 온화하게 감싸고 있었다.

오른쪽 숲에서 들려오는 새소리.

왼쪽에선… 우리 위치에서는 보이지 않지만 시냇물이라도 흐르고 있는지 물소리가 들려온다.

후우….

평화로운 그 광경을 멍하니 바라보면서 나는 작게 한숨을 쉬었다.

"왜 그래? 리나."

"왜 그러냐니, 뭐가?"

옆에서 걷는 가우리의 질문에 나는 건성으로 되물었다.

"그 마을을 나선 이후로 별로 기운이 없는 것 같아서."

"아, 그거 말이지."

말하고 나서 나는 작은 한숨을 한 번.

"마을 사람들이 말했잖아…. 가이리아 시티에 가면 용병이 모이니까 정보를 들을 수 있을지도 모른다고…."

"그게 뭐, 어땠는데?"

"너도 알다시피 가이리아 시티라는 곳에 그리 좋은 기억이 없어…."

나는 우울한 어조로 말했다.

일전에 어떤 사건으로 여러 가지 일들이 있었다.

그러나 가우리는 싱긋 미소 짓더니 말했다.

"뭐야. 그런 걸로 기운이 없었던 거야?

너답지 않게."

"말은 쉽게 하지만…. 안 좋은 추억이 있는 마을로 가는데 좋을 리 없잖아, 보통은."

"무슨 소리야. 그럼 지금까지 '좋은 추억'이 있는 마을이라는 데가 있었어?"

"우…."

"그렇지? 그런 걸 마음에 두기 시작하면 앞으로 평생 우울할 뿐이라고. 그러니까 신경 쓰지 마."

쾌활하게 말하며 툭툭 내 어깨를 두드린다.

아니, 아무래도 좋지만 그건 별로 위안이 안 돼….

"뭐, 어쨌거나,

한숨만 쉬고 있어봤자…."

말하려다 말고….

문득 거기에서 말을 끊고 가우리가 그 자리에 멈춰 섰다.

"음? 왜 그…."

돌아보고 말을 걸려다가.

그제야 나도 눈치챘다.

이쪽을 기준으로, 가도의 오른편.

숲 속에 희미하게 떠올라 있는 그 기척을.

—이건….

생각한 순간.

기척이 단숨에 이쪽으로 다가왔다!

가우리는 검을 뽑아 들었고, 나도 주문을 외우기 시작했다.

그리고 수풀을 가르고 뛰쳐나온 검은 그림자!

아무 말 없이 휘두른 검을 가우리의 검이 튕겨냈다.

그것은 옆으로 도약해서 우리의 앞길을 가로막듯 가도 한복판에 버티고 섰다.

역시… 이 녀석인가.

본명 미상. 내가 멋대로 마음속에서 지어낸 인식명 '샤먼'.

"이곳이라면… 목격자가… 늘지 않는다…."

더듬더듬 말하고 나서 가우리를 향해 달려왔다!

카앙!

두 사람의 검이 맞부딪친 그 순간.

캬악!

'샤먼'이 괴조의 울음소리를 냈다.

동시였다.

가우리가 반사적으로 뒤로 물러선 것과 방금 전까지 그가 있던 공간에 십여 발의 불화살이 출현한 것은.

불화살이 가우리를 향해 날아왔다!

그는 뒤쪽으로 물러나면서 날아오는 불화살을 일부는 피하고 일부는 떨구어냈다.

그리고 '샤먼'이 불꽃을 쏘아냄과 동시에 나도 외웠던 주문을 쏘았다!

"제라스 브리드[獸王牙操彈]!"

만들어진 빛의 띠는 궤적을 바꾸어가며 상대를 추격한다. 제대로 맞으면 어지간한 마족은 한 방에 갈 터.

쿠오오!

다시 '샤먼'이 외쳤다.

동시에 작고 희미한 빛의 방패가 '샤먼'의 바로 옆에 술법의 궤적을 차단하는 형태로 출현했다.

하지만 어림없는 수작이다!

빛의 띠는 너무나 쉽게 빛의 방패를 깨뜨렸다!

이겼다!

생각한 그 순간.

'샤먼'은 아무렇지도 않게 슬쩍 몸을 젖혀서 종이 한 장 차이로 일격을 피해냈다.

으잉…?

일단 지나쳐간 빛은 궤도를 바꾸어 다시 '샤먼'에게 날아갔지만 녀석은 다시 빛의 방패를 만들어낸 다음, 그것을 관통하는 빛을 직전에 피해낸다.

이때 가우리는 이미 불화살을 모두 떨구어내고 태세를 정비했지만 역시나 상황이 상황인지라 섣불리 뛰어들지 못하고 있었다.

'샤먼'이 같은 동작을 그 뒤에도 두세 번 되풀이하자.

파직.

이윽고 위력이 서서히 약해지던 빛의 띠는 다시 출현한 방패와 충돌해서 함께 소멸했다.

말도 안 돼….

솔직히 나는 경악했다.

지금까지 이 술법을 맞고도 아무렇지 않았던 녀석이 있긴 했다. 아스트랄 사이드(정신세계)로 도망쳐서 피한 녀석도 있었다.

그러나… 체술과 약한 방어마법의 조합으로 무효화시킨 건 이번이 처음이다.

물론 쉽게 할 수 있는 일은 아니다. '샤먼'은 여러 번에 걸쳐 날아온 빛의 띠를 종이 한 장 차이로 피해냈던 것이다.

이 녀석… 처음 만났을 때 얼빠진 모습만 보고 3류 개그 마족인 줄로만 알았는데….

아무래도 꽤 성가신 상대인 것 같다.

'샤먼'이 얼굴을 이쪽으로 돌렸다.

"핫!"

동시에 날카로운 기합과 함께 달려드는 가우리.

가로 베기 일격을 흘려내고 반격하자 가우리는 칼을 거두며 막는다.

불화살을 출현시켜봤자 좀 전과 같은 전개가 될 뿐이라는 사실을 깨달았는지 '샤먼'은 검만으로 가우리와 겨루고 있었다.

당연히 나는 끼어들지 못했다. 섣불리 주문으로 공격하면 가우리가 말려들 우려가 있다.

검으로 공격한다면 '샤먼'의 집중력을 흐트러뜨릴 수도 있겠지만 내 실력으론 오히려 가우리의 발목만 잡을 공산이 크다.

그러니 결국 옆에서 구경만 할 수밖에.

그러나 이대로 가면 끝이 없다. 어떻게든 가우리를 말려들게 하지 않고 주문을 명중시킬 방법은….

―있다!

속으로 주문을 외우며 검을 뽑아 들고 두 사람을 향해 달려간다.

움직임을 눈치챈 두 사람의 주의가 한순간 내 쪽으로 쏠렸다.

"무모해! 리나! 그만둬!"

가우리의 목소리를 무시하고 그대로 돌진해서….

직전에 궤도를 바꾸어 가우리의 뒤쪽으로 돌아가서 머리카락을 붙잡는다!

"으잉…?!"

동시에 주문을 발동!

"레이 윙[翔封界]!"

증폭한 고속비행 술법으로 솟구쳐서 '샤먼'에게서 멀리멀리 떨어진다.

돌아보니 한순간 사태를 이해하지 못했는지 멍해 있던 '샤먼'이 황급히 달려 나가는 참이었다.

"아야야야야야! 리나! 도망칠 생각이야?!"

"설마! 여기서 도망쳐봤자 또 쫓아올 거 아냐!"

그 뒤에도 얼마 동안 계속 날아가서 '샤먼'과 충분한 거리를 벌린 다음, 나는 술법을 해제해서 땅에 내려섰다.

가우리가 머리카락을 잡아당긴 것에 대한 불평을 늘어놓기도 전에 가우리의 뒤로 돌아가서 훌쩍 그 등에 올라탄다.

"이… 이봐…."

항의를 무시하고 주문을 외우기 시작하는 나.

"그렇군…."

그제야 내 의도를 이해했는지 가우리는 그렇게 말하고 '샤먼' 쪽으로 몸을 돌렸다.

그렇다. 내가 날아서 거리를 벌린 건 주문을 외울 시간을 벌기 위해서였다.

가우리의 등에 달라붙어서 주문을 외우고, 가우리가 적의 검을 막고 있는 동안, 틈을 보아 주문을 쏜다!

이렇게 하면 주문이 가우리에게 맞을 리 없고, 쏘는 것과 동시에 등에서 내려오면 만약 주문이 빗나가더라도 가우리가 곧바로 추격타를 날릴 수 있다.

단점이 있다면 단 한 가지! 옆에서 보면 꽤 꼴사납다는 것뿐!

거리에 대한 감각은 완벽! 달려온 '샤먼'의 검의 사정거리에 들어섰을 때, 이미 내 주문은 완성된 상태였다.

번뜩이는 샤먼의 검을 가우리의 검이 소리를 내며 막았다.

상대도 바로 앞에서 날아오는 주문을 경계하고 있을 터. 다짜고짜 공격을 했다가는 녀석이 피해버릴 우려가 있기에 나는 아직 주문을 쏘지 않았다.

그리고 다시 검이 부딪친다. 아직이다.

계속해서 세 번째. 아니, 아직.

―그렇게 생각했지만 역시….

"브람 블레이저[靑魔烈彈波]!"

지근거리에서 쏜 푸른색 빛의 충격파가 들고 있던 검과 함께 '샤먼'을 집어삼켰다!

오오오오오오오!

'샤먼'의 비명이 주위에 울려 퍼졌다.

좋았어!

푸른색 빛으로 상대에게 물리적 충격과 정신적 대미지를 동시에 입히는 술법이다. 본래 마족에 대해선 거의 효과가 없지만 방금 그 공격에는 증폭을 해두었다. 일격으로 쓰러뜨릴 수는 없다고 해도 충격은 꽤 클 터.

생각한 순간.

발사된 빛이 두 쪽으로 갈라졌다!

"아닛?!"

가우리의 등에서 뛰어내리는 것도 잊고 무심코 나는 소리를 질렀다.

'샤먼'이 들고 있던 검이 빛을 두 동강 내버린 것이다.

아마 방금 전 '샤먼'이 지른 소리는 고통의 비명이 아니라 무언가의 주법이었으리라.

그걸로 자신의 검에 '힘'을 부여해서 주문을 두 동강 내버렸다.

어느 정도 주문의 영향을 받았을 수도 있지만 대미지는 거의 없을 터.

그 증거로 '샤먼'은 푸른색 빛을 완전히 두 쪽 내자 다시 검을 치켜들었다. 그때.

"담 브라스[振動彈]!"

째앵!

순간.

옆에서 발사된 공격마법 한 방이 '샤먼'의 검을 깨뜨려버렸다!

곧바로 크게 뒤로 물러서는 '샤먼'.

"칫, 빗나갔나."

술법이 날아온 그 방향…, 오른쪽 숲에서 들려온 목소리는 귀에 익은 것이었다.

"너희하곤 정말 인연이 있나 보구나."

"흔히 말하는 '악연' 말이지?"

내 말에 루크는 지긋지긋하다는 듯한 어조로 대답했다.

숲 속에서 모습을 드러낸 건 세 사람.

검은 머리카락, 전사풍 차림에 눈초리가 사나운 루크, 은발에 조용한 분위기의 여성 미리나.

이 두 사람과는 전에 어떤 사건으로 두 번 정도 인연을 맺은 적이 있다.

그리고 다른 한 사람은 스무 살 정도의 검은 머리 청년으로, 역시 전사인지 허리춤에 브로드 소드를 차고 있었다.

내가 모르는 얼굴인데… 과연…?

어쨌거나 지금은 그것보다도….

시선을 돌리자 '샤먼'은 자신의 부러진 검과 새롭게 출현한 루크 일행을 번갈아 물끄러미 바라보고 있었다. 눈이 안 달려 있어서 잘은 모르겠지만.

"단순한 암살자인 줄 알았는데 아무래도 아닌 것 같구나."

미리나가 의연한 어조로 말하자 루크는 시선을 '샤먼'에게 고정한 채 작게 고개를 끄덕였다.

"응. 인간의 기척이 아니야, 이 녀석."

말하고 나서 검을 뽑아 들고 '샤먼'을 향해 겨눈다.

'샤먼'은 루크 일행 쪽으로 고개를 돌렸다.

"목격자가… 늘어난 건가…?"

매우 신기하다는 듯한 어조로 중얼거렸다.

잠시 고개를 갸웃거리고 무언가 생각하는 듯한 동작을 취하더니. 별안간 옆으로 도약해서 숲 속으로 뛰어들었다.

풀을 밟는 소리와 기척 등이 점점 멀어져간다.

"아."

"도망쳤다!"

무심코 소리치는 나와 루크.

역시 불리하다고 판단한 건지, 아니면… 단순히 사태 파악이 안되어서 혼란을 일으키고 돌아간 건지는 모르겠지만.

싸울 때의 날카로운 기술과 그렇지 않을 때의 너무나 무딘 행동 사이의 격차는 대체 어떻게 판단해야 하는지….

일단 지금은 싸움이 끝났다고 생각해도 좋을 것 같다.

루크도 같은 판단을 내렸는지 검을 칼집에 넣고 우리들 쪽으로 시선을 돌렸다.

"또 말썽에 휘말린 모양이구나, 너희들.

그런데 한 가지 묻겠는데…."

"사정 설명이라면… 일단 근처 마을에 가서 하는 게 어때?"

내 제안에 루크는 쯧쯧쯧쯧 하며 손가락을 내저었다.

"내가 묻고 싶은 건 다른 거야."

"뭔데?"

"아니…, 언제까지 그렇게 사이좋게 업혀 있을 거냐는 거지."

"그러니까, 그건 작전이라고 했잖아."

일단 근처 마을 음식점에 가서 대충 주문을 마친 뒤.

"그렇군. 작전상 업혔는데 편하니까 그대로 눌러앉은 거야?

오오, 사이가 참 좋으시네. 빙의령 같아서 정말 잘 어울려."

아까부터 업힌 것 하나 가지고 끈질기게 놀려대는 루크에게 나
는 관자놀이 근처를 실룩실룩 경련시키며 대꾸했다.

"그래, 그래, 그래. 너도 참 끈질기구나."

"놀릴 수 있는 상대는 철저히 놀리자는 게 내 신조라서 말야."

"업힌 것 정도 가지고 뭘 그래? 그보다…."

"가우리는 입 다물고 있어.

그래, 정말 훌륭한 신조구나. 역시 미리나가 지겨워할 만해."

"우…,

무…… 무슨 소리야! 잘 들어. 미리나는 말야, 나의 그런 구석도
좋다고…."

"말 안 했어."

표정 하나 바꾸지 않고 옆에서 작게 말하는 미리나.

"거봐!"

"저기, 리나…."

"입 다물고 있으라고 했잖아, 가우리. 지금 한창 좋을 때니까."

"좋을 때라니…."

"훗! 결국 루크 네가 일방적으로 미리나에게 반해서 멋대로 따
라다니는 거 아냐?"

"무… 무슨 소리야! 이렇게 된 이상 말하겠는데, 잘 들어. 나와 미리나는…."

"뭔데?"

미리나가 옆에서 끼어들자 꼴사나운 얼굴로 한순간 침묵하는 루크.

그가 입을 열기도 전에 미리나는 내 쪽으로 시선을 돌리고 말을 걸었다.

"그보다 아까 그 녀석은 누구지?

기척으로 보아 마족이었던 것 같은데…."

조금 자신 없게 들리는 어조로 말했다.

물론 그 '샤먼'은 담 브라스로 부러질 정도의 검을 휘두르고 있었고, 행동거지도 멍청해 보이는 등 마족답지 않은 구석도 다수 있었다.

미리나가 마족으로 단언하는 데에 다소 의문을 품는 것도 무리는 아니다.

그러나 그가 뿜는 기척은 틀림없이 마족 특유의 것이었다.

사람과 마족이 합성된 반인반마라는 것도 세상에 있기는 하지만 그것과는 꽤 기척이 다르다. 브라스 데몬 정도가 뿜는 냉기와 비슷한 차가운 적개심…, 그 '샤먼'은 그것과 완전히 같은 걸 내뿜고 있었다.

뭐, 고위 마족이 아니라는 점만은 분명한 것 같지만….

"녀석의 정체는… 나도 잘 몰라.

이야기하자면 길…… 지는 않지만, 여하튼 사건의 발달은 그제 밤…,

…아!"

그 순간 나는 무심코 소리를 질렀다.

그제야 깨달았던 것이다.

미리나 일행과 함께 있던 내가 모르는 남자…. 처음 만난 얼굴임에도 어딘가에서 본 듯한 느낌이 들어서 왠지 마음에 걸렸는데.

비슷했다. 그날 '샤먼'에게 살해당한 남자의 얼굴과.

붕어빵이라곤 할 수 없지만 느껴지는 인상은 꽤 비슷하다.

혹시… 형제 아닐까?

"왜 그래?"

"아… 아냐, 아냐. 아무것도."

미리나가 의아하다는 듯 물었지만 나는 말꼬리를 흐리고 종업원이 가져온 카란 주스를 한 모금 홀짝였다.

그저 닮은 사람일 수도 있다. 확인은 상대의 사정을 듣고 나서 해도 늦지 않다.

"어쨌거나… 그제 밤, 마을에서 그 녀석… 이름을 모르니까 대충 '샤먼'이라고 부르기로 해. 어쨌든… 그 녀석이 사람을 죽이는 현장을 목격했어.

그 이후로 목격자를 죽이겠다며 공격한 거야.

살해된 사람은 잠옷 차림이었고 여관방도 '샤먼'에 의해 폭파되었기에… 아마 어디 사는 누구인지는 아직 알려져 있지 않을 거라 생각하지만….”

말하고 나서 힐끔 미리나 일행이 데려온 남자에게 시선을 돌렸다.

“이 사람? 우리들의 의뢰인이야.”

내 시선을 소개하라는 의미로 해석했는지 미리나는 그렇게 말하고 루크와 얼굴을 마주 보았다.

루크는 작게 고개를 끄덕였다.

“소개가 늦었구나.

이쪽은 제이드… 성은….”

“코드웰입니다. 제이드 코드웰.”

루크의 말을 받아 작게 말하는 그.

목소리와 표정에 전혀 패기라는 게 없다. 아무래도 무언가 심각한 사정이 있는 것 같은데….

“어떻게 된 사연이냐 하면,

딜스 수도인 가이리아 시티에서 조금 이상한 사건이 일어나고 있는데,

각지의 영주들에게 알리러 갔지만 아무도 상대를 안 해주었다는군.

그래서 우연히 알게 된 우리들이 사건의 경위를 듣게 된 거야.”

“자… 잠깐만.”

별안간 사정을 이야기하기 시작하는 루크를 나는 황급히 제지하고 나섰다.

"괜찮겠어? 의뢰 내용을 말해도.

설마 우리들까지 억지로 끌어들이려는 건 아니겠지?"

"됐으니까 들어.

얼마 전… 그래봤자 1년 전쯤인가? 가이리아 시티에서 원인을 알 수 없는 대화재가 나서 마을과 군대가 엉망이 되어버린 이야기는 너도 알지?"

"아주 잘 알아…."

"최근에 와서 마을이 겨우 정상화되었는데 군대는 그렇지 못했어.

일반인을 병사로 만들려고 해도 훈련시켜서 쓸 만한 병사로 만들려면 상당한 시간이 걸리거든.

그래서,

손쉽게 전력을 증강하기 위해 용병을 대대적으로 모집했지."

"그러고 보니 어딘가의 누군가도 그런 말을 했었군."

간식 대신 주문한 샌드위치를 먹으면서 남의 일처럼 말하는 가우리.

이 녀석, 이제 완전히 용병으로서의 자각이 없구나.

"그런데 그 용병 중에 튀는 녀석이 하나 있었는데,

국왕의 눈에 드는 바람에 엄청난 속도로 출세해서 지금은 나랏일에도 이러쿵저러쿵 참견할 정도가 됐어.

그리고 나라가 이상해져버린 거야."

"맞아, 맞아. 꼭 있어. 처세술이 뛰어나고 출세욕이 강한 녀석."

완전히 남의 일이라는 듯한 어조로 맞장구를 치는 나.

뭐, 실제로 남의 일이기도 하고.

그 녀석 때문에 나라가 엉망이 되었으니까 어떻게 해줬으면 한다는 게 제이드의 바람이었겠지만.

각지에 있는 영주들이 그를 상대해주지 않은 것도 어느 정도 이해가 된다. 이번 사건은 아무리 생각해도 소위 말하는 '내부 사정'이니까.

그런 복잡한 일에 굳이 끼어들려는 영주는 없다.

물론 그건 나로서도 마찬가지.

그나저나… 이런 성가신 의뢰를 맡다니…. 루크와 미리나 중 누가 맡았는지는 모르지만 속도 참 좋다.

루크는 그런 내 마음을 간파하기라도 한 듯 말했다.

"뭐, 솔직히 나도 이런 성가신 일은 별로 맡고 싶지 않았지만… 마음이 확 바뀌었어.

—그 출세한 용병이 쉐라라는 이름의 여자라는 말을 듣고 말이지."

"뭐…?!"

루크가 입 밖에 낸 그 이름을 듣고 나는 무심코 소리를 질렀다.

—일전에….

나와 가우리, 그리고 루크와 미리나는 한 마족을 상대한 적이 있었다.

패왕 그라우쉐라의 부하. 마검 두르고파를 구사하는 패왕장군. 그 이름은 쉐라.

그때에는 나의 임기응변으로 상대를 격퇴할 수 있었는데….

물론 우연히 이름만 같고 그 쉐라와는 다른 사람일 가능성도 있다.

그러나.

지금까지 여러 마을에서 일어난 사건 뒤에 패왕장군 쉐라가 관여되어 있었다는 사실을 감안하면, 역시 동일 인물이고 또 무언가를 꾸미고 있다고 생각하는 편이 자연스럽다.

덧붙여 말하자면 이것은 아무런 근거도 없는 억측에 불과하지만….

지금 세상을 떠들썩하게 만들고 있는 데몬 대량 발생 사건에도 쉐라가 어떻게든 관여하고 있는 게 아닐까?

사건이 일어나기 시작한 시기와 쉐라가 이곳저곳을 돌아다닌 시기는 거의 같았다.

하지만 쉐라가 그런 사건들을 일으킨 목적은?

그리고 가이리아 시티에서 무엇을 꾸미고 있지?

"녀석이 무엇을 꾸미고 있는지는 아무도 몰라."

루크는 제이드를 눈으로 가리키고는 재미없다는 듯한 어조로 말했다.

"이 녀석에게서 들은 인상착의에 따르면 틀림없이 그 '쉐라'가 맞아. 우연히 이름이 같은 건 아닌 듯해.

그렇다면

단순히 '출세하고 싶다'는 목적일 리는 없겠지.

제이드의 아버지는 장군이시라는데, '그 여자는 위험하다'고 몇 번이나 간언했음에도 국왕은 전혀 들어주질 않았다고 해.

게다가 반(反) 쉐라파였던 중신들은 차례차례 모습을 감추었고….

그래서 제이드의 아버지께선 각지의 영주들에게 이 사실을 알리기 위해…."

"그를 사자로 보냈다는 거지?"

내 말에 제이드는 고개를 끄덕였다.

"몇몇 영주를 찾아갔습니다만…

다들 서찰을 반려하면서 자신이 끼어들 문제가 아니라고….

물론 그렇긴 합니다.

말로만 설명하면 이번 일은 분명 왕실 내부의 문제니까요.

하지만 이번 사건은 조금 이상합니다."

"이상하다고?"

앵무새처럼 되묻는 나에게 제이드는 난처하다는 얼굴로 대답했다.

"네, 하지만 구체적으로 무엇이 어떻게 이상하냐고 묻는다면… 말로 설명하기 어렵습니다만,

단순한 권력 관련 음모와는, 뭐랄까…

냄새가 다릅니다."

"냄새가 다르다….

너도 꽤 날카로운 감을 가지고 있는 것 같군."

"네?"

말의 의미를 이해하지 못하고 되묻는 제이드에게 루크는 살랑
살랑 손을 흔들며 대답했다.

"아니, 나중에 설명할게. 그보다 이야기나 계속해봐."

"네….

저 말고 형도 아버지의 서찰을 가지고 어딘가로 간 것으로 압니
다만… 이런 상황이니 그쪽도 형편은 비슷하지 않을지…."

"형?"

그의 말에 나는 무심코 고개를 들었다.

"그렇다면 너 말고도 각지에 사자로 파견된 사람이 또 있다는
거지?"

"네, 그렇습니다만… 그게 왜요?"

"……."

말해야 하나, 말하지 말아야 하나.

단순히 닮은 사람일 가능성도 충분하지만….

"내 지나친 생각일지도 모르겠는데…

침착하게 듣도록 해.

내가 아까 말한 '샤먼'에게 살해된 사람 말야….

인상이 너와 비슷했어."

잠시 동안의 침묵.

그리고….

내가 하려는 말을 눈치채고 제이드는 아무 말 없이 고개를 떨구었다.

"아, 물론 내 지나친 생각일 수도 있고, 단순히 닮은 사람일 가능성도 있어.

이곳에서 하루 정도 남쪽으로 가면 있는 마을인데…

가볼래? 확인하러."

묻는 나에게 그는 잠시 침묵을 지키더니 천천히 고개를 저었다.

"아뇨…. 만약 그 사람이 형이 아니라면 시간 낭비일 뿐이고, 반대로 만약 형이라면… 아마 제가 한시라도 빨리 조력자를 데리고 가이리아로 돌아가는 걸 더 바랄 겁니다."

"그래…."

딱히 해줄 말이 떠오르지 않아서 나는 그저 그렇게 말하고 고개를 끄덕일 뿐이었다.

찾아온 침묵 속에서 누군가가 망토 자락을 잡아당기는 걸 느끼고 그쪽으로 시선을 돌리자 그곳에는 무언가 할 말이 있는 듯한 눈으로 나를 바라보는 가우리의 얼굴이 있었다.

"아, 다시 말해…."

나는 머리를 긁적이면서 대답해주었다.

"가이리아 시티에서 무언가 심상치 않은 일이 일어난 것 같으니까 갈까 말까 하는 이야기를 하고 있는 거야."

"뭐야. 그럼 그렇다고 진작 말해줄 것이지."

말하고 나서 해맑은 미소를 짓는다.

으음, 역시 이야기를 이해하지 못한 거였군.

"저기…."

의아하다는 표정을 짓는 제이드에게 루크는 살랑살랑 손을 휘저으며 대답해주었다.

"신경 쓰지 마. 이 형씨는 원래 이러니까."

"으음…."

"그래서 리나, 갈 거야? 가이리아 시티에."

"가야지."

여기까지 들은 이상, 무시하고 넘어갈 수는 없다.

가우리의 질문에 나는 단호하게 그렇게 대답했다.

가이리아 시티로 가는 여정은 기분 나쁠 정도로 순조롭게 진행되었다.

물론 어디까지나 지금까지는 그렇다는 이야기지만.

여행 도중에 들른 마을에서 데몬 대량 발생 사건에 대한 이야기를 들어두는 것도 잊지 않았다.

뭐, 발길을 재촉하며 벌이는 탐문 조사인 까닭에 아무래도 조금 적당적당한 게 되기 십상이었지만….

때때로 지난번 마을에서 들은 '하얀 거인'의 소문이 귀에 들어오는 일은 있었지만, 거인의 정체와 사건의 전모 둘 다에 있어서 결정적인 단서는 없었다.

그리고 지금 그보다 마음에 걸리는 것은….

"하지만 그러고 보니 그 녀석, 그 뒤로는 공격하지 않네?"

가우리가 그렇게 말한 건 조금 늦은 저녁 자리… 가이리아 시티에 도착하기 나흘 전쯤의 일이었다.

작은 마을의 어디에나 있을 법한 술집 겸 음식점.

저녁 시간치곤 조금 늦지만 술을 마시러 오는 손님도 있어서 가게 안은 그럭저럭 붐비고 있었다.

"그 녀석이라니… 누구 말야?"

우….

가우리의 질문을 일부러 무시한 나의 섬세한 배려를 눈치채지 못하고 루크가 무신경하게 되물었다.

"왜, 전에 나와 리나를 습격했던 온몸이 시커먼 마족 말야."

"'샤먼'이라고 부르는 그 녀석 말이지?"

"그러고 보니 전혀 모습이 안 보이는군요.

포기한 게 아닐까요?"

미리나와 제이드까지 무신경하게 대화에 끼어들었다.

너… 너희들….

"어떻게 생각해? 리나?"

"나한테 묻지 마아아아아아!"

말하는 가우리에게 무심코 언성을 높이는 나.

일동의 놀란 듯한 시선이 나에게 집중되었다.

"왜… 왜 그래, 리나. 갑자기…."

"으아아아아아! 세상의 이치를 전혀 모르는구나! 정말…!

보통 이런 경우, '녀석이 습격하지 않는다'는 이야기를 하면 바로 그때 상대가 습격하는 게 대자연의 섭리란 말야!"

"그… 그런가…?"

"그래!

그래서 내가 필사적으로 그 화제를 무시하고 있었는데 말야!"

"흥! 웃기지 마.

아무리 그래도 그런…."

쿠웅!

루크의 말과 동시에 멀리서 터진 폭발음은, 나를 제외한 네 명의 표정을 굳게 만들었다.

―거봐.

"이… 이봐?! 거짓말이지?!"

중얼거리면서 루크가 일어섰을 때 가게 입구가 쾅당! 열렸다.

쓰러지듯… 아니, 쓰러지며 뛰어 들어온 건 한 남자.

"크, 큰일이야! 데몬들이! 이 마을을 향해서…!"

가까운 테이블을 붙잡고 몸을 일으키며 떨리는 목소리로 소리친다.

웅성웅성….

가게 사람들의 수런거림과….

―쿠웅!

다시 멀리서 터진 폭발음이 겹쳐졌다.

데몬 대량 발생 쪽인가?!

"뭐야… 다른 사건이었잖아."

"실망해서 다시 자리에 앉으면 어떡해! 가우리!

어느 쪽이든 큰일이잖아! 가자!"

루크와 미리나, 제이드 세 사람은 내 말이 떨어지기도 전에 이미 입구 쪽으로 달려갔다.

황급히 뒤를 따라 가게를 뛰쳐나가 보니 입구에 멈춰 선 세 사람과 우왕좌왕하는 마을 사람들.

"젠장! 어느 쪽이야?! 데몬들은!"

조바심을 내며 외치는 루크.

마을 사람들은 이미 완전히 혼란에 빠져 있었다. 이래선 데몬이 마을 어느 쪽에서 다가오고 있는지조차 알 수 없다.

이런 상황에선 사람들을 붙잡아서 물어본다 해도 정확한 대답은 기대하지 못하리라.

그렇다면….

"레비테이션[浮遊]."

내가 주문을 외우기 시작하기도 전에.

미리나가 부유의 술법으로 가게 옥상 위로 올라가서 주위를 빙 둘러보고 곧장 그대로 내려왔다.

높은 곳에서 상황 파악. 아무래도 같은 생각을 한 모양이다.

그녀는 척 착지하더니 말했다.

"이쪽이야."

그러고는 곧바로 달려갔다.

뒤를 따르는 우리들.

"뒷골목으로 가자."

미리나는 그렇게 선언하고 인파를 피해 옆쪽으로 난 골목으로 들어간다.

꽤 훌륭한 판단이다. 혼란에 빠져서 우왕좌왕하는 사람들의 한복판을 가로지르기란 아무리 그래도 쉽지 않으니까.

사람의 왕래가 없는 뒷골목을 좌우로 꺾으며 다섯 사람은 일렬로 달려갔다. 그리고.

"……?!"

넓은 길로 나온 곳에서 우뚝 미리나가 발을 멈추었다.

뒤를 따라 나도 큰길로 뛰쳐나온다.

그곳에는….

아무도 없었다.

아무도 없는 거리가 그저 한산하게 펼쳐져 있을 뿐.

"정말 이쪽이 맞나요? 혹시 길을 잘못 든 건…."

"바보, 나의 미리나가 그런 실수를 할 것 같아?"

묻는 제이드에게 대답하는 루크.

"누가 너의 미리나야."

루크의 말에 따끔하게 핀잔을 날리는 미리나.

"확실히… 길을 잘못 든 건 아닌 모양이야….

웅성거리는 소리가 사라졌어."

"아…!"

내 말에 비로소 눈치를 챘는지 제이드는 작게 소리를 냈다.

그랬다.

방금 전까지만 해도 혼란에 빠진 사람들의 목소리가 들려왔건
만 지금은 뚝 끊겨서 들리지 않았다.

이런 경험은 처음인지 제이드는 두리번두리번 주위를 둘러보
았다.

"뭐… 뭐지? 이건!"

"결계야."

"그렇다."

나의 대답에 또 하나의 다른 목소리가 겹쳐졌다.

2. 가이리아에서 움트는 그림자

"뭐야…? 저건…."

작게 중얼거린 제이드의 시선은 길을 끼고 조금 떨어진 좁은 골목 안으로 향해 있었다.

그럴 만도 하다.

'그들'을 지금까지 접해본 적 없는 사람의 눈으로 보면 그 모습은 꽤 이상할 것이다.

거의 누더기나 다름없는 검은 망토를 걸친 사람 형태의 존재…….

그러나 물론 그것이 인간이 아니라는 사실은 누구의 눈으로 보아도 뻔하다.

야윈… 아니, 이상하게 가느다란 온몸을 덮은 피부는 오래된 시체처럼 거무스름했고, 얼굴에는 귀도, 코도, 입도, 머리카락도 없이 그저 거대하다고 할 수 있을 만큼 큰 눈 두 개만이 활짝 뜨인 채탁한 시선을 이쪽으로 보내고 있다.

"순마족… 이라는 녀석이야…."

제이드의 중얼거림에 대답하듯 나는 작게 중얼거렸다.

동물 등에 빙의해서 그 모습을 바꾸어 구현하는 레서 데몬이나 브라스 데몬들과는 달리 그들은 자신들의 '힘'만으로 이 세상에 구현한다.

당연히 그 실력은 브라스 데몬 등과는 천지차이.

"공간을 이상하게 조작해서 우리들만을 이곳에 가두어버린 거야."

"호오, 잘 아는구나."

내 말에 그는 감탄한 듯한… 다르게 들으면 바보 취급하는 듯한 어조로 말했다.

"그야 그렇지. 전에 여러 가지 일을 좀 겪었으니까.

그런데 물론 우리들과 시답잖은 이야기를 나누려고 온 건 아니겠지?"

"그래. 그리 특별한 용건은 아니지만…."

큰 눈의 마족은 그렇게 말하고 미끄러지듯 큰길 쪽으로 걸어 나왔다.

"좀 죽어줘야 할 것 같아서 말이야."

"제이드는 물러나 있어. 평범한 검으론 저 녀석을 못 베니까.

그리고…

조심해. 적은 저 녀석 하나만이 아닐 거야."

"눈치가 빠른 여자로군.

얘들아!"

―얘들?

큰 눈의 목소리와 동시에 살기가 일었다.

하나는… 위!

내가 올려다보기도 전에 가우리의 검이 칼집에서 빠져나왔다.

—전에도 한 번 본 적 있는 광경.

카앙!

머리 위에서 나는 날카로운 소리. 틈을 주지 않고 그것은 앞길에 착지하더니 다시 도약해서 거리를 벌렸다.

—'샤먼'.

역시 등장했구나.

물론 이것은 예상했던 일. 그러나….

또 하나의 살기는 큰 눈이 있는 곳과 반대쪽인 옆 골목에서 걸어 나왔다.

역시 키는 인간과 비슷한 정도일까? 양손에 검을 쥐고 있다.

새카만 온몸은 '샤먼'과 같지만 목 위쪽이 결정적으로 다르다.

얼굴이 다른 정도가 아니다.

세 마리째에겐 애당초 얼굴 자체가 없었다.

그것의 목 위에는 아이의 손목 정도 굵기인 뱀 머리 같은 게 대여섯 개 자라나 있을 뿐이었다.

그렇다. 마치 목 위에 작은 히드라의 목을 이식한 것처럼.

"세 마리?!"

역시나 긴장된 목소리를 내는 미리나에게 큰 눈은 낮은 웃음소리를 흘리며 대꾸했다.

"뭐, 고작 인간 다섯 마리를 상대로 우리가 세 명이나 나섰으니

나도 좀 지나치다고는 생각하지만… 그래도 명령은 명령이니 말야."

"명령이라면, 쉐라의?"

은근슬쩍 떠보는 나의 말에 상대는 스윽 눈을 가늘게 뜨고 물었다.

"넌… 대체 정체가 뭐냐?!"

"너에게서 '정체가 뭐냐'는 말은 듣고 싶지 않아."

"뭘 어디까지 알고 있는지는 모르지만… 역시 해치워두는 편이 좋을 것 같군!"

말과 동시에 휘두른 오른손이 허공에 독기의 창을 만들어내어 이쪽을 향해 쏘았다!

즉시 흩어져서 피하는 우리들.

"가우리, '샤먼'을! 루크와 미리나는 '히드라'! 나는 저 큰 눈을 해치울게!"

"네가 지휘하지 마!"

그렇게 말하면서도 루크는 '히드라'를 향해 돌진했다.

기합과 함께 '샤먼'을 향해 검을 휘두르는 가우리.

그리고….

"내 이름은 레비포어다!"

속으로 주문을 외우면서 돌진하는 나에게 분노의 일갈을 내뱉는 큰 눈.

"혼자서 나에게 덤비는 만용은 칭찬해주마! 하지만 호칭을 멋

대로 지어 부르지는 마라!"

따지는 목소리와 동시에 이번엔 왼손을 휘두른다. 날아오는 시커먼 칼날을 나는 옆으로 뛰어서 피하는 동시에 술법을 해방했다!

"에르메키아 란스[烈閃槍]!"

"멍청한 녀석!"

내가 쏜 일격을 레비포어는 왼손을 한 번 휘둘러서 튕겨냈다.

"그런 게 통할 성싶으냐!"

나는 동요한 표정을 지으면서 허리춤의 검을 뽑고 속으로 주문을 외우며 더욱 적과의 거리를 좁혔다.

레비포어가 쏘는 독기의 창과 칼날을 피하면서 안으로 파고들어 검을 한 번 휘두른다!

일격은 레비포어의 옆구리에 깊숙이 박혔다.

눈앞에 있는 마족의 두 눈이 웃는 듯이 가늘어진다.

"멍청한 녀석! 다시 한번 말하겠다! 그런 것이…."

말이 끝나기도 전에.

"아스트랄 바인[魔皇靈斬]!"

내 주문이 검에 마력을 부여했다!

"크아아아아악!"

소리를 지르며 크게 뒤로 물러나는 레비포어.

대미지는 입혔지만 일격 필살은 되지 못한 건가?

"너 이 녀석…!"

황급히 거리를 벌리고 증오가 가득 찬 시선으로 내 쪽을 노려본다. 아무래도 이제야 눈치챈 모양이다.

내가 처음에 보인 단조로운 공격과 동요의 표정이 방심시키기 위한 함정이었다는 사실을.

경계를 강화하는 레비포어를 마주 노려보면서, 나는 거리와 위치를 조절하며 속으로 주문을 외웠다.

"에르메키아 란스! 루크! 미리나!"

시선을 레비포어에 고정한 채 주문을 '히드라' 쪽으로 쏘았다!

곧바로 피하는 루크와 미리나.

생각지도 못했던 방향에서 별안간 주문이 날아오자 '히드라'는 간신히 몸을 틀어 피했지만 완전히 균형을 잃었다. 그리고….

"브람 블레이저!"

"펠자레이드[螺光衝靈彈]!"

루크와 미리나 두 사람이 퍼붓는 주문의 십자포화에 버티지 못하고 쓰러졌다.

"……!"

레비포어는 적개심으로 가득한 시선을 한순간 내게로 돌리더니 외쳤다.

"후퇴한다!"

역시 불리하다고 판단했는지 말과 동시에 뒷걸음질을 쳐서 골목 안으로 미끄러져 들어갔다.

가우리와 검을 맞대고 있던 '샤먼'도 레비포어의 목소리에 선뜻 몸을 돌린다.

"도망치고 있어요!"

"너무 멀리까지 쫓아가는 건 금물이야."

제이드의 말에 나는 조용히 말했다.

물론 이대로 추격해서 해치우는 편이 뒤끝이 좋지만….

"이 공간은 녀석이 친 결계야. 따라잡기는커녕 잘못하면 다들 뿔뿔이 흩어져 각개격파를 당할 우려가 있어."

이번엔 기지를 발휘해서 '히드라'를 손쉽게 해치웠지만 다음부터는 레비포어 일당도 방심하지 않을 것이다. 얕보다간 다음에 당하는 건 우리 쪽이 될 수도 있다.

"그런데 리나, 그럼 우리들은 어떻게 이 공간에서 나가지?"

"레비포어가 완전히 도주하면 아마 자동으로 해제될 거야.

문제는 다음부터랄까.

녀석들도 전력을 다해서 공격할 거라는 사실인데, 음?"

내 말이 끝나기도 전에.

웅성웅성….

마을에 다시 수런거림이 돌아왔다.

그때까지 아무도 없었던 거리에 별안간 사람들의 모습이 나타난다.

아무래도 레비포어가 친 결계가 풀린 모양이다.

"음, 정말 네 말대로네."

"하지만 느긋하게 있을 수는 없는 것 같아."

루크의 말을 받아서 말하는 미리나.

주위를 오가는 사람들의 눈으로 보면 우리들 쪽이 별안간 나타난 것으로 보였겠지만 그것을 가지고 뭐라 하는 사람은 한 명도 없었다.

그들의 입장에선 그럴 상황이 아닌 것이다.

레비포어 일당은 격퇴했지만 그래도 이 마을에 데몬들이 다가오고 있다는 사실에는 변함이 없다.

누가 먼저랄 것도 없이 다시 인파를 헤치고 거리를 달려 나아가서….

"……!"

이윽고 우리 다섯 사람은 동시에 발길을 멈추었다.

근처에는 이미 우리 다섯 외에 사람의 모습은 없다.

마을 출입구 광장에는 방치된 노점이 줄줄이 늘어서 있고.

그 더욱 뒤쪽.

북쪽으로 뻗은 가도 부근에는 꿈틀거리는 무수한 그림자, 그림자, 그림자….

"설마…."

"저게 전부…."

누구랄 것도 없이 중얼거리고 우리들은 그 자리에서 망연자실했다.

거리가 있기에 단정해서 말할 수는 없지만 다가오는 데몬들의 숫자가 적어도 10이나 20은 아닐 것이다.

"어… 어떡하지? 이제….

어쩌면 아까 그 마족보다 성가시겠어…."

반쯤 멍하니 중얼거리는 루크.

―허나.

"에잇! 이렇게 된 이상 가도가 좀 망가지더라도 녀석들이 마을에 들어오기 전에 전부 한꺼번에 날려버릴 수밖에!"

말하고 나서 나는 주문을 외우기 시작했다.

──황혼보다 어두운 자여
　　피의 흐름보다 붉은 자여

술법은 당연히 드래곤 슬레이브[龍破斬]! 이거라면 하급 데몬이 아무리 몰려오더라도 일망타진할 수 있다!

그러나 그때….

"이봐, 저게 뭐지? 저 하얀 건…."

가우리가 말한 순간.

무언가가 빛났다.

동시에….

"아닛…?!"

무심코 주문을 중단하고 나는 소리를 내질렀다.

빛난 것처럼 보인 그 순간, 주위에 우글우글하던 데몬들이 모조리 날아가버린 것이다.

"뭐야?!"

"무슨 일이 일어난 거지?!"

제각각 소리치는 루크와 미리나.

눈이 좋은 가우리에겐 무슨 일이 일어났는지 보이는 듯하지만 우리들로선 정확히 알 수 없다.

"좀 더 가까이 가보자!"

말하고 나서 나는 일동의 대답도 기다리지 않고 달려갔다.

그러는 사이에도 빛이 두 번, 세 번 번뜩였고 그때마다 데몬들이 휩쓸려나간다.

그리고….

"……?!"

할 말을 잃은 내가 발길을 멈춘 건 그로부터 얼마나 달린 뒤였을까.

그때에는 이미 제대로 움직이고 있는 데몬이라고는 거의 찾아보기 힘들었다.

촤악!

소리를 내며 빛이 허공을 가르자 데몬 몇 마리가 다시 땅에 쓰러진다.

데몬들을 휩쓸고 대지를 도려내는 빛을 만들어낸 것은….

"저것이… 하얀… 거인…?"

나도 모르게 작게 중얼거렸다.

그 얘기를 들려주었던 마을 사람은 작은 산만 하다고 말했는데 조금은 과장된 표현이었으리라.

그래도 데몬들보다 몇 배는 큰 몸은 확실히 '거인'이라 불리기에 충분할지도 모른다.

눈부시고 선명한 하얀 몸.

기본 체형은 분명 인간에 가깝다고 할 수도 있지만 머리가 반쯤 어깨에 파묻혀 있기에 굳이 말하자면 조금 이상한 디자인의 흰색 골렘이라고 해야 할까?

"저기, 리나…. 저거 어디선가 본 적 없었어?"

"몰라, 적어도 나는."

가우리의 질문에 반쯤 건성으로 대답하는 나.

거인이 쭉 뻗은 오른손 끝에서 빛을 만들어냈다.

그러자 그것을 맞고 또 몇 마리의 브라스 데몬과 레서 데몬이 쓰러졌고….

주위에 움직이는 데몬은 이제 한 마리도 없었다.

아무 말 없이 멍하니 서 있는 우리들에겐 눈길도 주지 않고 거인은 그 자리에서 발길을 돌려 걷기 시작했다.

"가… 가버리겠어…."

루크의 중얼거림에도 다들 무반응.

어떻게 반응해야 좋을지 모르는 것이다.

데몬들을 단번에 처치한 걸로 보아 최소한 적은 아닌 것 같은데, 그렇다고 해서 우리 편이라고 생각해도 좋을지 어떨지….

이윽고 우리들이 지켜보는 가운데….

"어…?"

별안간… 말 그대로 하얀 거인이 모습을 감추었다.

"뭐였을까요?! 방금 그건?!"

물론 제이드의 질문에 대답할 수 있는 이가 있을 리 만무하다.

꿈이나 환각이 아니라는 건 수북하게 쌓여 있는 데몬들의 시체가 증명하고 있었다.

"뭐, 어쨌거나… 이곳에 있어봤자 별수 없어. 일단 마을 사람들에게 알리러 가자.

일단… 끝났다고…."

"그렇군요…. 마을 사람들을 안심시키는 게 우선이니까요."

내 제안에 고개를 끄덕이는 제이드.

"그리고 우리들이 데몬들을 해치운 척 행세하면 사례금을 듬뿍 받아낼 수 있을 거야!"

"오오! 그거 좋은 생각인데?"

"안 돼요! 그런 짓은!"

루크는 고개를 끄덕였지만 제이드는 당황해서 막고 나섰다.

"우리들은 아무 일도 하지 않았잖아요! 그런데 사례금을 받으려고 하다니 그건 사기예요!"

"아무것도 안 하기는! 저 거인을 따뜻한 눈으로 지켜봤잖아!"

"실질적으로 전혀 도움이 안 되었잖아요!"

"훗…, 뭘 모르는구나, 제이드. 세상에서는 결과뿐만 아니라 행동에 대해서도 보수라는 걸 지급하게 되어 있어."

"행동도 안 했잖아요! 전혀 상관없는 싸움은 했지만!"

"으음… 이렇게 말하면 저렇게 말하니…."

"그건 제가 할 소리예요!"

나와 루크의 설득에도 완고하달까, 고지식하달까, 제이드는 고개를 끄덕여주지 않았다.

그러기는커녕 가우리와 미리나 쪽으로 시선을 돌리고 이렇게 말한다.

"두 사람도 가만히 보고만 있지 말고 뭐라고 말씀 좀 해보세요!"

"무슨 말을 하라는 거야?"

"뭐, 세상은 네 생각처럼 깨끗하지 않은 법이니까 포기해."

"우와아아아아아! 틀렸어어어어어어어!"

무심코 머리를 감싸 쥐는 제이드.

뭐, 미리나는 둘째치고 가우리에게 조언을 구하려고 한 자체가 근본적인 잘못이다.

"하… 하지만 전 긍지 있는 딜스 기사단의 일원…. 이런 사기 행위에 가담할 수는…."

무언가 중얼중얼 말하더니 이윽고 결연히 몸을 일으켰다.

"알겠습니다! 여러분이 그렇게 말씀하신다면 좋으실 대로 하십시오!

단! 전 마을 사람들에게 사실을 있는 그대로 이야기…."

"슬리핑."

털썩. 쿨. 쿨. 쿨.

"좋아! 그럼 결정되었으니까 당장 마을 사람들에게 알리러 가자!"

술법으로 잠재운 제이드는 내버려두기로 하고.

나는 마을 쪽으로 달려갔다.

언덕을 넘자 마을이 보인다.

주위가 벽으로 빙 둘러싸인 채 넓게 펼쳐진 이 마을의 이름은 딜스 왕국의 수도 가이리아 시티.

"겨우… 돌아왔군요…."

멀리서 마을을 내려다보고 제이드는 감회가 깊다는 듯 중얼거렸다.

얼마 전의 데몬 습격 사건 이후, 무슨 까닭인지 뚱해 있었지만 고향 마을을 눈앞에 두자 겨우 기분이 풀린 듯하다.

"찬물을 끼얹는 것 같아서 미안하지만 감회에 잠길 때는 아닌 것 같아."

그 제이드의 옆에서 오히려 무거운 어조로 끼어드는 루크.

"여하튼 지금부터가 문제니까."

그렇다.

전에 습격한 레비포어와 '샤먼'이 이 마을에 있는 쉐라의 지령으로 움직였다는 건 아마 틀림없는 사실이리라.

그리고 그 뒤로 녀석들은 습격을 하지 않았다.

그렇다는 건, 뒤집어 말하면 이 마을에 전력을 집중시킨 채 기다리고 있다는 말이 된다.

쉐라만으로도 버거운 상대인데….

여기까지 온 건 좋지만 과연 이길 수 있는 상대일지 어떨지….

솔직히 말해서 아무것도 모르는 척 냉큼 도망치는 편이 좋겠다 싶지만 그럴 수도 없다.

녀석들의 목적이 무엇인지는 몰라도 패왕장군급의 마족이 직접 움직이고 있으니 왕국을 전복시키는 정도의 수준은 아닐 것이다.

여기서 못 본 척하고 도망친다 해도 앞으로 무사할 수 있을 걸론 생각하지 않는다.

그렇다면 늦기 전에 어떻게든 손을 써둘 필요가 있다.

지원군이 있었으면 좋으련만 협회에 말해봤자 믿어줄 것 같지 않다.

도와줄 만한 상대라면 전에 함께 여행했던 두 사람의 이름이 떠오르는데, 한 사람은 머나먼 세이룬에 있고 다른 한 사람은 행방도 알 수 없는 상태. 연락을 취하거나 찾아 나설 만한 시간적 여유는 아마 없을 것이다.

역시 직접 해치울 수밖에….

속으로 작게 한숨을 쉬면서 나는 다른 네 사람과 함께 언덕을 내려갔다.

곧장 가이리아 시티를 향해서.

"죄송합니다만… 통과시켜드릴 수 없습니다…."

젊은 병사는 말하기 거북한 듯 중얼거리고는 들고 있던 할버드(도끼창)로 우리들 앞을 가로막았다.

가이리아 시티를 둘러싸고 있는 담장 문 한 곳에서 일어난 일이다.

"어… 어떻게 된 일이지…?"

갑작스럽다면 너무나 갑작스러운 반응에 제이드는 반쯤 넋이 나간 채 그렇게 말했다.

그러는 것도 무리는 아니다.

이러한 성채 도시에 외벽이 있다는 것은, 말할 것도 없이 유사시에 외적으로부터 마을을 지키기 위한 것이다.

그리고 이 경우, 외적이란 전쟁을 일으킨 나라나 몬스터 무리를 말하는 것이고,

기본적으로 문을 출입하는 일반인들에 대한 점검은 그리 엄격하지 않은 법이다.

단속을 너무 엄격하게 하면 소요 인력도 늘어나고 교역 상인과 여행객들의 발걸음도 뜸해지는 바람에 마을이 쇠퇴일로를 걷게 된다.

실제로 우리들이 병사 1에게 제지당하고 있는 그 옆으로는 음유 시인과 상인, 기타 여러 부류의 사람들이 거침없이 마을 안으로 들어가고 있다.

물론 노골적으로 수상한 녀석이나 확실한 수배자 등은 입성이

거부되기도 하지만, 평범한 차림을 하고 있고, 마을에 들어갈 나름대로의 이유가 있다면 기본적으로 아무런 문제가 없다.

지금이라면 조금 수상한 차림을 하고 있다고 해도 '용병을 모집한다고 해서 왔다'고 말하면 아마 통과시켜줄 것이다.

그럼에도.

이 마을에서 기사를 맡고 있는 제이드가 일행 중에 있음에도 통과시켜주지 않는다는 말은….

"어떻게 된 일인가?! 다시 한번 말하겠다!

나는 가이리아 왕궁 청기사단 제2부대 소속 제이드 코드웰!

특명을 받고 마을을 떠났었다!

일행 네 명의 신분은 내가 보장한다! 그래도 불만인가?!"

언성을 높이는 제이드에게 병사는 말하기 거북한 듯 입을 열었다.

"저기… 신분은 잘 알고 있습니다….

그래서… 통과시켜드리지 못하는 겁니다…."

"그게 무슨 의미지?"

"명령이… 떨어졌습니다…."

"명령?"

"네…. 그러니까… 제이드 님과 형님 되시는 그라이아 님을… 저기…."

"뭔가?! 상관없으니까 분명히 말해주게!"

"네…. 그게… 무단이탈 명목으로 기사단에서 제명한다는…."

"뭐…?!"

"돌아오더라도… 마을에 들여보내지 말라고…."

제명에다 출입 금지?!

옆에서 듣고 있는 우리들조차 아무리 그래도 너무 지나치다고 생각될 정도의 처분이다. 본인에게 있어선 얼마나 큰 충격일지.

"누… 누가 내린 명령인가?!"

"누구… 냐고 말씀하셔도…."

아직 젊은 병사는 주위에 있는 다른 병사들의 시선을 살피다가 말했다.

"명령은 알스 장군님이…."

"그분이…!"

토해내듯 말하는 제이드에게 병사는 변명이라도 하는 듯한 어조로 말했다.

"저기… 전하의 인가를 받아서 내린 명령이기도 해서… 저로서는…."

전하란 물론 국왕을 말하는 것이리라.

"알았네…. 마음에 두지 말게, 자네 책임은 아니니.

들어가지 못하는 건 어쩔 수 없지만 그 대신… 부탁이 좀 있네.

아버지… 그란시스 코드웰 장군과 연락을 취할 수 없겠나?"

"그게… 저기…."

다시 침통한 표정으로 말문을 흐리는 병사.

"왜? 설마 그것까지 안 된다는 명령이 떨어진 건 아니겠지?"

"아뇨….

그란시스 장군께선… 돌아가셨습니다…. 병환으로…."

"……!"

이번에야말로.

제이드는 완전히 할 말을 잃고 그 자리에서 망연자실한 채 서
있었다.

밤의 술집은 그런대로 시끌벅적했다.

가게에 가득한 알코올 냄새. 주정뱅이들의 잡담 소리. 때때로
터지는 박장대소.

그런 가운데 오직 우리 다섯 사람이 앉은 테이블만이 무거운 침
묵에 잠겨 있었다.

가이리아 시티 옆에 있는 작은 마을의 여관 1층에 있는 술집이
었다.

수도 옆에 있는 것치곤 그리 큰 마을이 아니라는 게 신기했지
만, 아마 그것은 여행자들이 이 마을에 들르지 않고 곧바로 가이
리아 시티까지 가버리기 때문이리라.

"그러고 보니 말야…."

루크가 무언가 떠올랐다는 듯 말한 건 일동이 저녁 식사를 대충
마쳤을 무렵이었다.

"알스 장군이라는 건 누구지? 낮에 이름이 나왔을 때 넌 짚이는
구석이 있던 것 같던데…."

그 말에 제이드는 잔에 든 라다주를 한 모금 들이켜고 나서 말했다.

"적기사단을 이끄는 장군입니다….

험담 같지만… 그리 좋은 소문이 도는 사람은 아니었습니다…. 출세를 위해 여러 가지 더러운 짓을 했다더군요.

강직하신 아버지와는 여러 가지 면에서 대립하고 있었고…

문제의 쉐라를 등용해서 폐하에게 소개한 사람도 그라고 들었습니다.

아버지께선 아마 그것도 폐하에게 잘 보이기 위해서였을 거라고 하시더군요…."

"흐음…

다시 말해 변변찮은 놈이라는 거지?"

루크는 돼지고기를 한입에 털어 넣었다.

"그래서 어떻게 할 거야? 제이드."

"어떻게… 하다뇨?"

제이드는 미간을 좁히고 되물었다.

"그러니까,

아버지도 돌아가시고, 기사단에서도 제명되고, 마을 출입도 금지되었잖아.

이제 넌 이 나라와 아무런 관계도 없다는 말이야."

아아! 이 녀석, 갑자기 그런 무신경한 말을!

"그것을 알면서도,

아직 쉐라 녀석을… 이 나라의 현 상황을 어떻게 할 생각이 있냐는 거지. 굳이 위험을 무릅써가면서.

까놓고 말해서 아예 어디 다른 나라로 가서 다른 일자리를 찾아보는 쪽이 좋지 않을까?

제피리아 같은 곳은 어때? 들은 바에 의하면 그곳 여왕님은 꽤 평판이 좋다던데."

"……."

제이드는 잠시 침묵을 지킨 뒤 남아 있던 나머지 술을 벌컥벌컥 단숨에 들이켰다.

"아뇨.

그래도 전 이 나라를 좋아하니까요."

"그래?"

말하고 나서 루크는 술병을 들고 제이드의 술잔에 술을 따랐다.

"그리고… 의문도 있습니다."

그 술을 한 모금 마시고 나서 제이드는 말했다.

"이런 시기에 아버지가 병환으로 돌아가셨다니,

아무리 그래도 타이밍이 너무 절묘한 것 같지 않습니까?"

"암살…?"

미리나의 중얼거림에 제이드는 작게 고개를 끄덕였다.

그도 그렇다.

제이드의 아버지와 대립하고 있던 알스 장군. 그리고 그가 등용한 쉐라.

수상하다고 느낀 제이드의 아버지가 그와 그 형을 제후들에게 보냈다.

그리고 그사이에 아버지는 사망했다.

그의 존재를 거추장스럽게 여긴 알스나 쉐라가 암살했다고 의심하고 싶어지는 것도 당연하다.

실제로 제이드의 형으로 보이는 인물이 쉐라의 수하로 보이는 '샤먼'에게 살해당했으니 아버지가 비슷한 운명을 맞이했다 해도 이상하지 않고.

"만약 그랬다면… 누가 그랬는지,

최소한 그 정도라도 규명하고 싶습니다."

"음…, 그럼 결정되었군.

일단 작전부터 세워야겠어."

"그래…. 이번 상대는 꽤 버거운 녀석이기도 하고…."

루크의 말에 고개를 끄덕이는 나.

물론… 작전을 세운다고 확실히 이길 수 있는 상대 같지는 않지만….

아무리 안이하게 지은 이름이라고 해도 상대는 패왕장군.

물론 수신관 한 사람이 용신관과 용장군 두 사람에게 필적하는 힘을 가지고 있기도 했으니 직함은 비슷해도 힘 쪽에선 꽤 차이가 있을 수도 있지만, 그래도 어지간한 조무래기 마족과는 하늘과 땅 차이가 있는 것만은 분명하다.

아무 계획 없이 기세만으로 돌진하는 건 분명히 말해 자살 행위이다.

"먼저 우리 쪽 전력부터 확인해보자.

우리 세 사람은 흑마법과 정령마법을 쓸 수 있어.

남은 건 가우리 형씨하고 제이드 두 사람인데."

루크는 일단 가우리 쪽으로 눈길을 돌렸다.

"그리고 보니 너희들은 마력검을 계속 찾고 있었지?

솔라리아에서 그럭저럭 쓸 만한 물건을 발견한 것 같던데… 그 뒤로 또 찾은 거라도 있어?"

"아니. 그때 그대로야.

지금 가우리가 가지고 있는 검은 예리함은 상당한 수준이고 강도도 엄청나게 좋아.

어느 정도의 마법이라면 튕겨낼 수도 있고.

마족에게도 어느 정도 대미지를 입힐 수 있는 모양인데……. 그 래봤자 역시 '어느 정도'니까 강력한 상대에게 일격필살은 힘들겠지."

"흐음…."

루크는 잠시 생각하고 나서 말했다.

"내가 가지고 있는 이 녀석은, 예리함은 평균보다 좀 나은 정도 지만 주문을 하나 흡수할 수 있어."

"주문을 흡수한다고?!"

"그래.

그리고 그걸로 싸우면 그 흡수한 주문과 비슷한 추가 효과가 발휘되지.

다시 말해 에르메키아 란스를 검에 흡수시키면 마족도 벨 수 있다는 말이야."

"굉장하잖아, 그거!"

"덧붙여 말하면, 마음만 먹으면 검에 흡수된 주문을 주문 본래의 형태로 단숨에 해방할 수도 있어.

주문 영창 따윈 필요 없고, 검을 겨눈 상태에서 '가라'고 생각하면 주문이 쏘아지지.

기습에 있어선 최고인데 그걸 쏘고 나면 다음 주문을 흡수할 때까지 평범한 검으로 돌아가고 말지.

뭐, 베든지 쏘든지 어느 쪽도 본래의 술법에 비하면 꽤 위력이 떨어지지만.

그리고 어느 정도까지 강한 주문을 흡수할 수 있는지 모른다는 것도 결점이야.

중요할 때 강력한 주문을 흡수시키려다 그러지 못하고 부러지는 경우도 있을 수 있으니까."

"그렇구나…."

"서론이 길어졌는데,

어쨌거나 이 검들 중 하나를 제이드에게 빌려주는 게 어때?

물론 다른 하나는 가우리 형씨가 들기로 하고."

"흐음…."

다시 말해 일단 전력 조정부터 하자는 건가?

지난번 레비포어 습격 때에도 마족에 대항할 수단을 갖지 못한 제이드는 결국 그저 구경만 해야 했다.

앞으로 적의 숫자는 계속 늘어날 텐데 그가 전력이 되지 못한다면 아무리 그래도 너무 치명적이다.

"그럼…… 가우리 걸 제이드가 들고, 루크 걸 가우리가 드는 게 어때?"

내 제안에 아무 말 없이 고개를 끄덕이는 미리나.

"하지만… 여러분의 이야기를 듣고 있으니 왠지 앞으로는 마족밖에 안 나온다는 말처럼 들리는데요."

검을 교환하면서 제이드가 의문을 제기하자 루크는 한순간 멍한 표정을 지었다.

"아…, 그러고 보니 아직 너한텐 이야기 안 했구나…."

루크는 잠시 생각하다가 뺨을 긁적거렸다.

"어떻게 설명해야 하나…. 자세히 설명하자면 복잡해지는데….

뭐, 하여튼…

쉽게 말해서,

그 쉐라는 마족이야."

…….

"네?"

결국 직설적인 설명에 제이드는 잠시 멍해 있다가 얼빠진 소리를 냈다.

"그러니까, 마족이라고. 녀석을 해치우기 위해 접근하면 당연히 마족이 방해하러 온다는 소리지."

"그런가요…?

하지만… 겉모습은… 평범한 여성이었는데…."

"녀석들은 강력한 녀석일수록 겉모습이 인간에 가까워져.

마족의 기척을 숨기는 것도 교묘해지고."

"흐음… 그런 건가요?"

아직 믿기지 않는지 모호한 대답을 하는 제이드.

"어쨌거나 그럼 일단 마을에 잠입해서… 제이드의 집에 숨어 있기로 하자."

하지만 루크의 말에 제이드는 침울한 얼굴로 대답했다.

"하지만…

어머니는 제가 어렸을 때 돌아가셨고… 아버지가 돌아가시고 저와 형이 추방된 지금은 재산이 몰수되었을 가능성도 있는데요 …."

"뭘. 그래도 집 자체가 사라진 건 아닐 테지.

어쨌거나 마을에 들어가는 게 우선이야.

오늘 밤은 푹 쉬어서 체력을 비축하고 내일부터 본격적으로 행동을 개시하자.

다들 동의하지?"

루크의 질문에 일동은 고개를 끄덕였다.

술집에서 들려오던 소음이 사라진 건 언제부터였을까?

시간만이 어둠 속에서 덧없이 흐르고….

"아아! 잠이 안 와!"

그렇게 외치고 내가 침대에서 기어 나온 건 아마 밤이 깊은 시각이었을 것이다.

이럴 때에는 무언가 따뜻한 걸 먹고 눕는 게 제일인데 과연 1층에 있는 술집 겸 식당이 아직 열었을지. 아마 닫았겠지, 이미….

어쨌거나 밑져야 본전이라는 생각으로 옷을 갈아입고 방을 나와 그대로 1층 식당으로 가보았다.

닫혔을 것으로 생각했던 식당에는 아직 램프가 켜져 있었고 그곳에는….

"미리나?"

그랬다. 구석 테이블에 홀로 앉아 홀짝홀짝 술을 마시고 있는 사람은 다름 아닌 미리나였다.

"뭐해? 혼자서.

아, 아저씨. 따뜻한 음식 돼요?"

"스튜 남은 걸 데우는 정도라면."

"오케이. 그럼 그걸로 부탁해요."

일단 요리를 주문하고 나서 미리나의 맞은편에 앉았다.

"역시 미리나도 잠이 안 오는 거야?"

"으응… 뭐…."

내 질문에 그녀는 역시 술을 홀짝홀짝 마시면서 건성으로 대답했다.

그야 뭐, 그렇겠지.

내일 밤에는 가이리아 시티, 아니, 어쩌면 그대로 단숨에 왕궁에 잠입해서 쉐라와 대결할 가능성도 있다. 쓸데없이 시간을 끌어봤자 우리에게 유리할 일은 하나도 없으니까.

드디어 장군급의 거물 마족과 싸우러 가는 셈인데 속 편하게 자라고 하는 게 무리다.

"하지만 그러고 보니 이런 기회는 별로 없었구나."

"이런 기회?"

"그래. 여자들끼리만 이야기할 기회.

미리나의 옆에는 항상 루크가 있었으니."

"그리고 네 옆에는 가우리가 있었지."

그 말에 나는 콧등을 긁적이면서 말했다.

"뭐… 그 녀석은 내 '자칭 보호자'니까.

그래봤자 돈은 거의 나 혼자 벌고 있으니 보호자라기보다는 빈대지, 빈대.

그러고 보니 미리나는 어째서 루크와 함께 여행을 하고 있는 거야?"

내 질문에 미리나는 잠시 입가에 미소를 띠고 침묵하더니

"나는 서투르니까."

영문 모를 대답을 했다.

으음.

"그건 다시 말해서…."

말하려다 말고….

나는 무심코 돌아보았다.

어둑어둑한 실내. 천장에서 흔들리는 램프. 그을린 벽….

아무것도 변한 건 없었다.

잠깐 이상한 기척이 난 것 같았는데… 착각이었나…?

"착각이 아니야."

마치 내 생각을 읽고 있었다는 듯 미리나는 벌떡 자리에서 일어났다.

한 손에 검을 들고.

"주인아저씨가 사라졌어."

"?!"

황급히 그쪽으로 눈길을 돌리는 나.

—그 말대로.

방금 전까지 카운터 너머로 보이던 주방에서 사람의 모습이 사라졌다.

"그럼 역시…."

내 말에 그녀는 고개를 끄덕였다.

"또 결계에 걸려든 것 같아."

"호오… 꽤 침착하군.

아니면 체념이 만들어낸 여유인가?"

낮은 목소리가 어두운 방 안에 울려 퍼졌다.

어디지?!

주위를 휙 둘러보았지만 상대의 모습은 보이지 않는다.

그러나 기척은 있다. 확실히.

"크크크크… 내 모습이 안 보이나…?

결국은 인간이로군. 쉐라 님도 무엇 때문에 이런 녀석을 경계하시는 건지…."

부스럭….

목소리와 함께 어딘가에서 모래가 흐르는 듯한 소리가 들려왔다.

—어디지?! 방… 중앙…?

"램프?!"

내 목소리에 미리나가 시선을 위로 올렸다.

램프가 만들어낸 부연 빛이 마치 구름 사이로 새어나온 한 줄기 햇살처럼 바닥에 드리우더니.

순식간에 한데 뭉쳐져서 사람 형태를 만들어간다.

마치 반짝이끼를 뭉쳐서 만든 것 같은 사람 형태의 얼굴 부분에 어둠색을 한 두 개의 공허한 눈동자가 생겨난다.

"이제 보이나? 인간. 기억해둬라, 내 이름을. 패왕장군 쉐라 님 휘하의 구버그란 이름이다."

역시 쉐라의 부하 마족이었나?!

그러나 상대가 누구의 부하가 되었든 해치워야 한다는 사실에 변함은 없다.

다시 말해….

"다이나스트 브라스[覇王雷撃陣]!"

이겨야만 한다는 뜻!

나도 반짝이끼 남자가 만들어지는 광경을 그저 멍하니 보고만 있었던 건 아니다!

이미 주문은 외워두었다!

파직 파직 파직 파직!

뿜어 나온 마력의 번갯불이 하얀 사람 그림자를 강타했다!

좋았어!

"아직이야!"

소리를 지른 건 미리나였다.

한순간 의미를 알지 못한 채 다시 하얀 그림자 쪽으로 시선을 돌렸을 때.

"?!"

나는 할 말을 잃었다.

쏟아지는 마력의 번갯불, 그 하나하나가 구버그의 뜨여 있는 검은 눈 안으로 빨려 들어가고 있다!

이윽고….

번갯불이 사라지자 구버그는 다시 시선을 이쪽으로 돌렸다.

"소용없다."

웃음을 머금은 구버그의 목소리.

"나 구버그의 눈동자는 모든 걸 허무로 인도한다.

이 눈동자를 가진 나를 이기는 게 얼마나 불가능에 가까운지…
이제 알았겠지?"

허… 허무로 인도하다니…. 그런 말도 안 되는…. 무슨 대마왕
도 아니고….

허나 만약 구버그가 그렇게 대단한 녀석이라면 쉐라의 밑에서
일하고 있을 리가 없다. 실제로는 공간을 왜곡시킨다거나 해서 상
대의 공격을 어딘가 다른 장소나 공간으로 방출하는 거겠지.

뭐, 어느 쪽이든 성가신 상대라는 사실에 변함은 없지만.

"다른 녀석들에게도 각각 자객이 가 있으니

사이좋게 함께 저세상으로 가도록 해라.

보여주마, 나의 또 다른 힘."

말이 끝나자마자….

부스럭.

구버그의 발밑… 바닥 위에서 무언가가 움직였다.

"……?!"

눈길을 돌린 나는 무심코 할 말을 잃었다.

흰 마족의 발치에서 반짝이끼 같은 것…, 즉 구버그의 몸이 바
닥으로 점점 확산되고 있었다.

잠식?!

"내 몸은 서서히 확산되어 이 결계 안의 모든 걸 잠식할 것이다.

인간인 너희들까지 말이다."

의기양양한 구버그의 목소리가 주위에 울려 퍼졌다.

그 사이에도 하얀 잠식은 빠른 속도로 확산되어 2층으로 통하는 계단과 출입구로 통하는 길을 봉쇄하고 있다.

—물론 결계 안에 갇힌 이 상황에서 2층과 출입구로 달려가 봤자 별 소용은 없을 것 같다는 생각이 들지만.

어지간한 주문의 무효화. 그리고 잠식.

확실히 평범한 인간이라면 이래선 손을 쓸 수가 없다.

하지만… 내게는 안 통하지!

나는 속으로 주문을 외웠다….

그러나.

탓!

내 주문이 완성되기도 전에 미리나가 바닥을 박찼다!

검을 뽑아 들고 구버그를 향해서.

잠깐?! 무슨 짓을?!

제지할 틈도 없이.

그녀는 바닥을 잠식하고 있는 흰색 이끼에 검을 박았다!

"어리석긴! 소용없는 짓을!"

구버그의 말대로 흰색 이끼는 아무런 대미지를 입은 기색도 없이 오히려 미리나의 검을 타고 기어오르기 시작했다!

미리나는 허겁지겁 검을 바닥에서 뽑아냈지만 흰색 이끼는 실을 끌면서 바닥에 있는 이끼와 연결된 채 계속 검에 기어오른다.

이건… 완전히 미리나의 실수.

내가 그렇게 생각한 순간.

미리나가 다시 바닥을 박찼다.

이번엔 크게 도약해서 들고 있던 검을 구버그의 눈동자에 박는다!

—소용없어.

구버그도 아마 나와 같은 생각을 하고 있을 것이다.

그러나 그렇게 말로 표현하기도 전에.

"에르메키아 플레임[烈閃砲]!"

지근거리에서 쏜 일격이 구버그의 몸을 강타했다!

그렇구나!

"커헉…?!"

구버그의 짧은 신음 소리가 들려왔다.

쨍.

착지한 미리나의 발밑에서 경질의 작은 소리가 일어났다.

그리고.

쨍. 째쟁. 쨍.

작은 소리가 끊임없이 이어지더니….

째 애 애 애 앵!

이윽고 크리스털이 부서지는 듯한 소리와 함께 구버그의 하얀 몸이 산산조각 났다.

우웅, 미리나도 제법이네.

일부러 자신의 검에 구버그의 몸을 휘감은 다음 그것을 구버그의 눈동자에 박아 넣고.

그곳에 공격 주문을 쏘면….

가만히 있다간 주문의 일격을 맞게 되고, 반대로 구버그의 눈이 주문을 어딘가의 공간으로 흡수하려고 하면 동시에 자신의 육체 일부도 빨아들이게 된다.

당연히 그렇게 되면 주문이 오히려 그의 육체 일부에 대미지를 입히게 된다.

쉽게 말해 미리나는 구버그가 결국 어떻게 하든 주문을 맞을 수밖에 없는 상황을 만들어낸 것이다.

아마 우리들에게 공포심을 심어줄 요량으로 자신의 능력을 주절주절 지껄였겠지만 그것이 구버그에게는 패착이었던 셈이다.

나는 전혀 활약하지 못했지만….

미리나는 내 쪽을 돌아보았다.

"왜 그래? 김이 빠진 표정으로."

아니… 뭐….

허무의 칼날을 만들어내는 주문… 즉 라그나 블레이드[龍滅斬]로 베어버리고 '어때? 진짜 허무의 맛이?'라고 말해주려고 했는데….

쳇. 됐어요, 됐어.

"아… 아무것도 아냐. 아무것도."

나의 그 말은 내 귀에도 조금 공허하게 들렸다.

어쨌거나 마음을 고쳐먹고 시선을 돌린다.

"아직 결계가 안 풀렸는데?"

나의 중얼거림에 미리나가 내 시선 쪽으로 눈길을 돌렸다.

카운터 너머 주방에는 아직 아무도 없는 상태였다.

"결계를 친 건 다른 녀석인 걸까?"

미리나의 질문에 나는 고개를 끄덕였다.

"다른 사람들에게도 자객이 가 있다고 했지? 그 녀석.

가자! 미리나!"

동시에 고개를 끄덕이고 계단으로 달려가려 했을 때였다.

"잠깐! 손님!"

우리들의 뒤에서 들려온 건 가게 아저씨의 목소리였다.

—으잉?

돌아보니 그곳에는 마침 주방에서 나오는 아저씨의 모습.

그 손에는 스튜 한 접시.

"스튜 다 됐는데."

"아… 저기….."

얼굴을 마주 보는 나와 미리나.

그렇다면… 결계가 풀린 건가?

"미리나!"

갑자기.

계단 위에서 들린 목소리는 루크의 것이었다.

오, 아무래도 무사한 모양이다.

다른 두 사람은?

머릿속에 떠오른 생각들을 내가 말로 꺼내기도 전에.

계단을 한달음에 내려온 루크가 와락 미리나를 껴안았다!

저기….

"잠깐… 루크…."

"다행이야…. 무사했구나, 미리나…."

"저기… 아니…."

"다친 덴 없어?"

"없지만… 저기…."

"오오, 좋구만, 젊은 사람들은.

하지만 그런 건 방에서 하게나."

되는대로 내뱉는 식당 아저씨의 말에 루크는 그제야 정신을 차렸는지 미리나에게서 몸을 떼었다.

"아…! 미안해. 나도 모르게 그만…."

"'나도 모르게 그만'이 아니야.

그딴 것보다 다른 두 사람은?"

"그딴 거라니….

아, 응. 무사해."

"오, 리나."

마치 그 말을 기다리고 있었다는 듯 계단 위 난간에서 가우리와 제이드가 얼굴을 내밀었다.

"역시 무사했구나."

역시 무사했구나… 라니….

아니, 뭐… 날 신뢰해준 거겠지만….

그래도 좀 더 걱정해주는 게 어때. 자칭 보호자잖아, 넌.

뭐, 갑자기 부둥켜안고 난리칠 정도로 걱정하는 건 좀 곤란하지만.

"이쪽으로 온 건 한 마리였어. 그 레비포어인가 하는 녀석은 아니었지만.

그쪽은?"

"두 마리였습니다. 가우리 씨와 루크 씨가 한 마리를 해치우니 남은 녀석은 그냥 사라져버리더군요.

이쪽에도 그 레비포어인가 하는 녀석은 없었습니다."

내 질문에 제이드가 대답했다.

레비포어는 전에 나에게서 입은 대미지가 남아 있어서 이번엔 빠진 건가?

아니면….

"흠… 그렇다면 금방 또 공격할 가능성이 있겠구나."

"금방 또라면… 오늘 밤 말야?"

묻는 루크에게 고개를 끄덕여 보였다.

"그래. 이번 상대는 그나마 우리를 얕보고 있었기에 무사했지만 이번 일로 상대가 전력을 다하게 된다면 파상 공격을 할 가능성이 커.

우리 쪽의 전력 소모를 노리는 의미도 포함해서 말야.

그리고 지난번에 습격한 레비포어의 모습이 없었다는 점도 마음에 걸려.

어쩌면… 녀석은 제2진에 있는 게 아닐까 싶거든.

그러니 지금은 기다리기보다는 움직이는 편이 상책일 것 같은데."

"움직인다니… 설마 지금부터…?!"

"그래."

미리나가 말을 마치기도 전에 고개를 끄덕이는 나.

다시 말해.

가이리아 시티로 잠입을 감행.

미리나는 잠시 나와 시선을 나눈 다음 이윽고 고개를 끄덕였다.

"저도 찬성입니다!"

난간 위에서 말하는 제이드.

"좋아! 결정되었구나! 그럼 당장…."

"잠깐!"

별안간 들려온 제지의 목소리에 나는 돌아보았다.

그리고 떠올렸다.

가게 아저씨의 존재를.

"좀 집요한 것 같지만… 스튜가 다 됐는데."

"다들 서둘러."

"네가 할 소리냐?"

내 독려의 말에 루크는 언짢은 목소리로 소리쳤다.

그 뒤.

우리들은 스튜를 먹고 짐을 챙긴 뒤, 식대와 숙박비를 지불하고 곧장 가이리아 시티를 향해 발길을 재촉했다.

"원 참… 그런 상황에서 넌 스튜를 다 먹고 왔냐?"

"무슨 소리야?! 주문한 요리를 남기면 아깝잖아!"

"그보다 가도를 이용해도 괜찮겠습니까? 만약 적이 오늘 밤에 또 공격할 생각이라면 도중에 맞닥뜨리지나 않을지…."

나와 루크의 언쟁을 끊고 옆에서 제이드가 물어왔다.

"뭐, 그건 아마 걱정 없을 거야.

녀석들, 즉 순마족은 걸어서 오는 게 아니라 공간을 단숨에 도약해서 이동하니까.

즉 여관에서 도망친 한 마리는 곧바로 쉐라가 있는 곳으로 이동했을 테고, 만약 두 번째 공격이 있다면 그 녀석들은 여관에 바로 출현할 거야.

그런 까닭에 결국 그 중간에 있는 이 가도는 얼마 동안 평화 상태가 되는 거지."

희미한 달빛이 비춰주는 밤길을 걸으면서 나는 해설을 계속했다.

쌀쌀한 밤바람 속에 나의 목소리가 흐른다.

"녀석들은 자기들의 능력에 상당한 자신감을 가지고 있어.

인간 따윈 별것 아니라고 생각하고 있지.

굳이 말하자면 그것이 바로 녀석들의 약점이라 할 수 있어.

이것도 그래.

공간 이동 능력도 마찬가지인데, 아무리 공간을 건너뛸 수 있어도 움직이고 있는 상대를 포착하려면 보통 인간과 비슷한 노력이 필요한 셈이야."

"공간을 건너… 뛴다고요…?"

조금 반신반의하는 어조로 말하는 제이드.

뭐, '공간을 건너뛴다'고 말해봤자 실제로 마족의 공간 이동 광경을 직접 본 적이 없는 사람에게는 별로 느낌이 오지 않을 것이다.

"공간을 건너뛴다면… 굉장한 속도로 이동할 것 같은데….

그런 것치곤 지금까지의 습격은 왠지 상당한 간격을 두고 있었던 것 같은데요."

"으음…."

그러고 보니….

'샤먼'이 가도에서 습격을 했을 때부터 레비포어의 습격까지, 그리고 오늘의 습격까지 그럭저럭 일수가 떨어져 있다.

우리가 가이리아 시티로 가는 걸 알고 있다는 점을 전제로 한다면 분명 마족치곤 습격하는 박자가 조금 느린 것 같다.

"뭐, 그쪽에도 여러 가지 사정이 있는 게 아닐까?

어쨌거나 지금은…

어서 가기나 하자, 가이리아 시티로."

"그러니까, 네가 할 소리가 아니라니깐."

일행이 가이리아 시티에 도착한 건 다행히도 아직 동이 트기 전이었다.

졸리지만….

덕분에 어둠을 틈타 레비테이션으로 벽을 뛰어넘어 보초병의 눈을 피해 마을에 들어가는 것도 쉬웠다.

꽤 졸리지만….

이제 제이드의 집에 숨어 들어가서 일단 눈을 붙이고, 날이 밝으면 다른 활동 거점을 찾는 일만 남았는데.

문제는….

"집이… 없네…."

"그… 그러네요…."

루크가 멍하니 중얼거리자 제이드는 그 자리에 멈춰 선 채 넋을 놓고 고개를 끄덕였다.

그곳은….

넓기만 한 쓰레기장으로 변한 상태였다.

아마 얼마 전까지는 그럭저럭 으리으리한 저택이 있었을 것으로 여겨진다.

부지도 넓고, 잘 보이지는 않지만 정원 손질도 잘되어 있는 것 같으니 말이다.

하지만… 정작 집이 없다.

으음…… 제이드는 재산을 몰수당했을지도 모른다고 했지만…

설마 집까지 파괴했을 줄이야….

"이제… 어떡하지…?"

하품 섞인 가우리의 질문에 나는 제정신을 차렸다.

"그… 그래! 이곳에서 멍하니 있는다고 해서 달라질 건 없어! 이렇게 된 이상 일단…!"

…….

"일단?"

루크가 뒷말을 재촉하자 나는 잠시 침묵했다.

말을 꺼낸 것까지는 좋지만 별로 생각한 건 없었다.

으아아아아! 졸려서 머리가 잘 안 돌아간다!

"일단 장소를 이동하자!

제이드, 이 근처에 몸을 숨길 만한 장소는 없어?"

"그… 글쎄요…. 그런 장소는 잘 몰라서…."

"그럼… 돌아다니면서 찾는 수밖에…."

말하고 나서 나는 이렇다 할 목적지도 없이 적당한 방향으로 터벅터벅 걸어가기 시작했다.

그 뒤를 네 사람이 졸졸 따라온다.

우우! 한숨 잘 수 있을 거라 생각했던 만큼 잘 수 없다는 걸 알게 되니 더 졸리다!

"교외에 있는 여관 같은 곳은 어때?"

"그것도 괜찮겠네…. 그런데… 교외는 어느 쪽이지…?"

"죄송하지만… 잘 모르겠는데요…."

루크, 나, 제이드가 얼빠진 대화를 나누며 어슬렁어슬렁 걷는 사이에 조금씩 동쪽 하늘이 밝아왔다.

우아, 날도 밝고 말았어….

그러는 사이에 길가에 드문드문 사람들의 모습도 보이기 시작했다. 물건을 들여놓으러 가는 상인들, 새벽같이 일어난 아이들, 마을을 순회하는 병사들.

…….

병사들?

"이봐! 거기!"

내가 생각을 정리해서 행동에 들어가기도 전에.

병사들의 목소리와 시선이 우리들에게 집중되었다.

대여섯 명 정도의 그들은 성큼성큼 다가오더니 우리들 중 한 사람을 가리켰다.

"너 제이드 코드웰이지?"

"그런데 왜?"

가슴을 펴고 당당하게 대답하는 제이드.

아아! 이 녀석도 머리가 안 돌아가고 있어!

"역시 그랬군!

추방령을 어기고 마을에…."

이번엔 말이 끝나기도 전에….

"도망쳐! 다들!"

외치고 나서 나는 달리기 시작했다. 황급히 따라오는 네 사람.

"아! 거기 서랏!"

그리고 그 뒤를 따르는 병사들.

적당히 큰길을 빠져나와 골목길로 들어간 다음.

"딤 윈[魔風]!"

고 오 !

"우왓?!"

"크윽!"

맨 뒤에 있던 루크가 쏜 강풍의 술법에 중무장한 병사들의 발이 묶였다.

그대로 계속 달려가자 병사들의 모습은 완전히 보이지 않게 되었다.

좋아! 따돌렸다!

그렇게 생각한 찰나.

삐이이이이이이이익!

드높은 소리가 주위에 울려 퍼졌다.

병사가 부는 호각 소리!

야단났다! 사람들이 몰려올 텐데!

상대가 마족이라면 모조리 해치운다 해도 아무도 불평할 사람이 없지만, 이번 상대는 명령에 따라 움직일 뿐인 평범한 사람들.

그런 그들을 모두 해치울 수는 없다.

그렇다면 당연히 도망치는 수밖에 없는데….

어디로 도망쳐야 하나?

"이쪽입니다!"

어?

건물 뒤쪽에서 갑자기 들려온 건 어딘가에서 들은 적이 있는 목소리였다.

일동이 그쪽을 돌아보니 아직 젊은 남자 하나가 이쪽을 향해 손짓을 하고 있다.

"제이드 님, 이쪽입니다!"

"자네는?!"

"어서요!"

"알았네! 여러분!"

제이드의 재촉에 따라 일행은 젊은 남자를 따라갔다.

골목길을 내달려 비상계단을 올라갔다.

"이곳입니다."

이윽고 우리가 안내받은 곳은 지은 지 얼마 안 되는 건물 2층에 있는 한 방이었다.

여섯 명이라는 사람 숫자에 비해선 좀 좁았지만 이런 상황에서 찬밥 더운밥 따질 처지는 아니다.

일단 한숨 돌린 뒤에 나는 젊은이를 눈으로 가리키고 제이드에게 물었다.

"아는 사람이야? 이 사람."

그러나 내 질문에 대답한 건 제이드가 아니라 그 젊은이였다.

그는 작게 쓴웃음을 지었다.

"에이… 어제 만나지 않았습니까.

이 마을 문에서."

문… 이라고?

아?!

"문지기 1!"

"1이라뇨….

마이어스라는 이름이 있습니다."

내 말에 마이어스는 다시 쓴웃음을 지으며 말했다.

"누구야?"

"그 사람이야! 너도 봤잖아.

어제 마을에 왔을 때 명령이라며 우리들을 문에서 내친 그 평범한 병사 말야!"

가우리의 질문에 내가 대답했다.

"아니, 저기… 될 수 있으면 좀 더 다르게 불러주셨으면 좋겠는데…."

무언가 중얼거리는 마이어스.

"그런데 왜 우리들을? 나한테는 추방령이 떨어졌는데."

옆에서 물어온 제이드에게 마이어스는 소리를 죽이고 대답했다.

"분명 명령은 내려졌고 저도 일개 병사이니 다른 사람의 눈도 있는 그때에는 그럴 수밖에 없었습니다만….

솔직히 말씀드리면… 전 도무지 알스 장군의 조치가 납득이 가지 않았습니다."

그는 작게 한숨을 쉬었다.

"여자 용병을 등용하고… 그 용병이 멋대로 설치고 있는 상황에서… 이의를 제기하셨던 그란시스 장군님의 병사 소식.

솔직히… 그건…."

"암살이라는 건가?"

제이드의 말에 마이어스는 고개를 끄덕였다.

"네, 그렇게 생각했습니다. 그런 소문도 마을에선 떠돌고 있고 말이죠.

만약 그게 사실이라면… 이 나라는 끝장입니다!

그러니… 제이드 님께서 진실을 밝혀내고 규탄해주셨으면 합니다!"

"다른 사람에게 떠넘기기, 으읍!"

뭐라고 말하려던 루크의 입을 미리나의 손이 황급히 막았다.

뭐, 확실히 다른 사람에게 떠넘기려는 면이 좀 있기는 해도, 아무 일도 안 하는 것보다는 우리들을 숨겨준 것만으로도 백만 배는 낫다.

그런 루크의 중얼거림을 들었는지 못 들었는지 둘은 계속 말을 이어나갔다.

"하지만… 괜찮겠나? 가족들에게 폐가 되지는 않을지."

"아닙니다. 전 다른 마을에서 기사가 되기 위해 이 마을에 왔으니까요.

그리고 이 나라를 좋게 만들기 위해서라면 그 정도는 감수해야죠."

"알았네! 자네의 마음을 헛되이 하지 않겠네! 반드시 알스 장군과 용병 쉐라의 음모를 밝혀내고 이 나라를 지키겠어!

기사 지위는 박탈당했지만 나의 혼은 아직 기사의 긍지를 잊지 않았네!

그 혼의 긍지를 걸고 이 나라의 평화는 내가 지키겠네!"

"제이드 님! 역시 기사의 귀감이십니다!"

"아니, 미숙한 나에게 '기사의 귀감'은 과분한 말일세. 본래 진정한 기사란…."

두 사람은 완전히 기사도 이야기에 빠져들었다.

"일단… 한숨 잘까…?"

"그래…."

"어디 자리를 봐서 누워야겠어."

"……."

먼 세계에 가 있는 제이드와 마이어스는 내버려두고 일단 우리들은 제각각 자리를 찾아 누웠다.

그날 밤….

우리들이 행동을 개시한 건 밤의 장막이 마을에 드리운 지 얼마 되지 않아서였다.

점심나절에 일어나서 앞으로의 방침에 대해 이것저것 토론해 보았지만 결국 뭐가 어떻게 되었든 해야 할 일은 정해져 있었다.

다시 말해, 성으로 쳐들어가서 쉐라를 찾아내 해치우는 것.

성의 구조는 제이드도 조금은 알고 있는 것 같지만 어디에 어느 정도의 병력이 있고 쉐라가 어디에 있는지까지는 알지 못한다.

정보가 있었으면 했지만 수집하는 데에는 시간이 걸린다. 시간을 투입한다 해서 원하는 정보를 확실히 입수할 수 있다는 보장도 없고, 오히려 시간을 끌면 쉐라가 전력을 정비할 틈이 생기는 동시에 이 거점이 발각될 우려도 커진다. 다시 말해 확실히 그만큼 우리 쪽이 불리해진다.

그렇다면 방법은… 오직 속공뿐!

거의 될 대로 되라는 식의 거친 방법이지만 일단 허를 찌르려면 이 방법밖에 없다.

마이어스만 집에 남겨두고 나, 가우리, 루크, 미리나, 제이드까지, 도합 다섯 사람은 밤의 성으로 향했다.

밤하늘에 걸려 있는 초승달 달빛 아래 석조 성벽이 거뭇거뭇하게 버티고 서 있었다.

"자, 그럼 가볼까?"

루크의 말에 일동은 고개를 끄덕였고 나, 루크, 미리나는 제각 각 주문을 외우기 시작했다.

내가 가우리, 루크가 제이드를 붙들고 레비테이션으로 공중에 떠서 둥실둥실 성 쪽으로 향했다.

일단 향한 곳은 손님용 숙박 시설. 제이드도 대략적인 시설 배치 정도는 알고 있었기에 그가 가리키는 방향으로 일행은 둥실둥실 나아갔다.

　물론 그곳에 쉐라가 있다고는 단정할 수 없다. 있다면 그 부근이 아닐까 하는 안이한 예상에 따른 행동이다.

　뭐, 현장에 도착하면 보초병이라도 협박해서 쉐라가 있는 곳을 실토하게 만드는 게 아마 타당한 선이리라.

　이윽고 그러는 사이에 우리 일행은 숙박 시설 건물의 지붕 위에 내려섰다.

　"자, 이제… 어떻게 들어갈까 하는 건데….."

　"그럴 필요 없다."

　──?!

　루크의 중얼거림에 대답한 건 우리들 중 그 누구도 아니었다.

　일동이 목소리가 난 쪽을 올려다보니 그곳에는 초승달을 등지고 허공에 떠 있는 그림자가 하나….

　─마족….

3. 싸움의 불길이 피어오르는 밤의 성

그것은 거무스름한 연과 같은 녀석이었다.

크기는 인간 정도일까? 두께가 느껴지지 않는 삼각형의 반투명한 몸을 통해 달이 어렴풋이 비쳐 보였다.

그 머리(?) 부분에는 그곳만이 묘하게 실감이 나는 눈이 하나 달려 있다.

손도 발도 없는…… 꽤 유쾌한 디자인이지만 그 능력이 '유쾌하다'는 말로 끝날지 어떨지는 의문이다.

—게다가 지금 상황은 여러 가지 면에 있어서 우리들에게 꽤 불리했다.

일단은 무엇보다도 발 디딜 곳의 문제. 그리고 밑을 내려다보면 정원 이곳저곳에 병사들의 모습도 보인다.

다시 말해 눈앞에 있는 마족은 우리들을 결계에 가두지 않은 것이다.

목적은 뻔하다. 우리들이 큰 기술을 사용하면 병사들이 우르르 몰려들게 하려는 수작이겠지.

아… 잠깐….

"쉐라 님에게서 들었다…. 방심할 수 없는 상대라고…."

마족의 하나뿐인 눈이 찌릿 내 쪽을 노려보았다.

"리나 인버스…. 헬마스터(명왕) 피브리조 님이 돌아가신 원인이 된 여자라고 했던가?"

""""뭐?!""""

놀라 소리치는 루크와 미리나, 제이드.

뭐… 그 사건은 헬마스터가 혼자 자폭한 거나 다름없는 사건이었지만…

원인이라면 원인이라 할 수 있을지도 모른다.

개의치 않고 마족은 뒷말을 이었다.

"믿기지 않는 이야기지만… 설마 쉐라 님이 거짓말을 하실 걸로는 생각되지 않으니,

그렇다면… 나로서도 방심할 순 없지…."

목소리에 위압감을 더하는 연.

—멍청한 녀석.

"담 브라스!"

녀석이 주절주절 지껄이는 동안 나는 이미 주문을 끝마치고 있었다.

증폭한 담 브라스!

'방심하지 않겠다'고 말하면서도 내가 주문을 다 외울 때까지 지껄인 게 방심했다는 증거.

아니면 이런 술법으론 내가 자신을 이길 수 없다고 생각했던 것일지도 모르지만….

물론 내게도 그것은 주지의 사실! 목표는 당연히 마족이 아니다!

쾅!

엄청난 폭발음은 우리들의 발밑에서 일었다.

그렇다. 내가 노리고 부순 건 우리들이 서 있는 발밑… 다시 말해 지붕이었다.

마족의 눈동자가 크게 뜨이며 경악한 듯한 빛을 머금었다. 설마 내 목표가 이곳이었을 줄은 생각지도 못한 모양이다.

놀라서 소리를 쳤을지도 모르지만 아마 그것은 폭발음이 지워 버렸을 것이다.

물론 이대로 그냥 떨어지면 우리들도 무사하지는 못하겠지만….

"레비테이션!"

루크와 미리나 두 사람이 동시에 발동시킨 술법이 일동을 꼭대기 층 복도의 잔해 더미 위에 살짝 착지시켰다.

내 행동을 예측하고 대처한 건지, 아니면 다른 생각이 있어서 외우고 있었던 건지는 모르지만 어쨌거나 지금은 결과가 좋으면 만사 오케이!

"가자!"

말하고 나서 나는 복도를 달려갔다.

"제이드! 수건 같은 걸로 얼굴을 가려!"

"어째서요…?"

"어쨌든 간에 얼른!"

그렇게 말하면서 달려가다 보니 앞쪽에 있던 문 하나가 열리면서 조금 살이 찐 아저씨가 놀라 얼굴을 내밀었다.

비교적 빈상이긴 하지만 이 건물에 묵고 있는 점으로 보아 당연히 어딘가에서 온 그런대로 신분이 높은 사람일 것이다.

그렇다면 그 점을 이용하지 않을 수는 없는 일!

"대체 무슨 일이…?"

아저씨가 소리를 지르기도 전에.

"자객입니다! 도망치세요!"

말하고 나서 나는 아저씨의 팔을 붙잡고 그대로 억지로 계단 쪽으로 끌어당겼다.

"뭐…?! 자객?! 자네는…?!"

"같은 편입니다! 이런 일이 있을까 해서 나라의 명령으로 몰래 보초를 서고 있었지요! 그보다 어서!"

"아… 알았네!"

동요하고 있던 아저씨는 나의 적당히 꾸며댄 거짓말에 곧이곧대로 넘어갔다.

그대로 우리 일행은 아저씨를 앞세우고 복도를 빠져나와서 계단을 내려간다.

그동안 당연히 소리를 듣고 달려온 병사들의 무리와 마주쳤지만.

"자객이야! 위쪽! 어서 가!"

상대가 뭐라고 말하기도 전에 우리 쪽에서 상대에게 말했다.

한순간 병사들의 얼굴에 떠오르는 혼란스러운 기색.

아마 이 아저씨의 얼굴은 알고 있을 것이다. 그 아저씨가 낯선 사람들… 다시 말해 우리들의 호위를 받으며 도망치고 있다.

그런데 문제는 우리들이 대체 누구인지 그들은 알지 못한다는 것.

"그 사람들은 누구죠?!"

우리 쪽으로 시선을 돌리는 병사들에게 아저씨는 자신만만하게 말했다.

"걱정할 것 없네! 우리나라에서 보낸 사람들이니까! 그보다 어서!"

"네!"

아저씨의 말을 곧이곧대로 믿고 다시 달려가는 병사들.

최근 용병들의 모습을 자주 보았던 까닭에 우리들의 차림에 그리 위화감을 느끼지 못했던 것도 하나의 요인일지 모른다.

"잠깐!"

내 쪽에서 소리를 질러 그 병사들에게 말을 걸었다.

"어서 알려야 하는데, 쉐라 님은?!"

"아마 북쪽 탑에 계실 거야."

"알았어! 그쪽에는 우리들이 알리도록 할게!"

무엇을 알리려고 하는지에 대해선 묻지 말도록. 당연히 되는대로 꾸며낸 거짓 대사니까.

홋, 혼란스러운 상황에서 인간의 심리를 농락하는 건 식은 죽 먹기.

지붕 위에서 검은 마족에게 발각된 순간부터 나는 침입의 대원칙에 따르기로 했던 것이다.

즉.

침입을 함에 있어선 최대한 은밀하게. 그럴 수 없다면 현장을 최대한 혼란시킨다.

이 방법을 쓰기 위해 얼굴이 알려져 있을 가능성이 있는 제이드에게는 얼굴을 가리도록 한 것이다.

우리 다섯 사람과 아저씨 한 사람은 비슷한 일을 여러 번 되풀이한 끝에 이윽고 건물 밖으로 나왔다.

"서둘러 벗어나야 해요!"

아저씨를 재촉해서 우리 일행은 곧바로 북쪽 탑을 향해 나아갔다. 참고로 북쪽 탑으로 가는 방향은 제이드가 말없이 몰래 가르쳐주고 있다.

그러나… 얼마 가지 않았을 때.

"너희들!"

일행의 앞길을 막아서는 검은 그림자.

말할 것도 없이 방금 전 지붕 위에 나타났던 마족이다.

"잘도 나를…."

그러나 이런 바보는 내가 주문을 외울 것까지도 없다.

나는 똑바로 마족을 가리키고 단 한 마디, 큰 소리로 외쳤다….

"자객이다!"

"뭐라고오오?!"

"어디냐?! 어디?!"

"찾았다! 이쪽이야!"

"기괴하게도 생겼군!"

나의 외침에 곧바로 병사들이 우르르 몰려왔다.

"활을 들어라!"

"아니! 이 녀석은 마족이야! 궁정 마법사를!"

"아… 자… 잠깐…!"

이용해먹으려던 병사들이 오히려 칼을 겨누자 당황하는 마족.
그리고….

"펠자레이드!"

"크헉!"

우리 쪽에서 주의가 벗어난 그 순간, 루크와 미리나 두 사람이
동시에 쏜 일격을 맞고 너무나 간단하게 저세상으로 갔다.

훗, 3류 녀석.

"또 한 마리가 건물 위에 있으니까 서둘러!"

"알았다!"

내가 적당히 꾸며댄 말을 곧이곧대로 믿고 그쪽으로 달려가는
병사들.

"자! 우리들은 이쪽으로!"

일동을 재촉해서 다시 진로를 북쪽으로 잡는다.

주위에서 병사들의 눈이 사라진 걸 확인한 다음.

"얍."

"허억."

수도 한 방을 아저씨의 뒤통수에 날려 그 자리에서 기절시킨다.

"북쪽 탑이야! 서둘러!"

"너… 그건 좀 심하지 않아…?"

가우리의 핀잔은 일단 무시!

전속력으로 탑 쪽으로 향한다.

탑이라고 해도 독립된 탑이 따로 세워져 있는 게 아니라, 궁전에서 똑바로 뻗은 통로가 네모지고 긴 건물로 이어져 있으며 그 건물 끝 부분에 둥근 탑이 세워져 있는 구조이다.

병사들의 태반은 숙박 시설 쪽으로 갔는지 주위에 경비병들의 모습은 모이지 않는다.

어느 정도까지 다가갔을 때….

"뭐냐?! 무슨 일이 일어난 거냐?!"

열려 있는 문 하나에서 수염을 기른 초로의 남자가 얼굴을 내밀었다.

"자객입니다! 숙박 시설 쪽에!"

"자객이라고?! 대체 누가?!"

남자의 질문에 내가 대답을 하기도 전에.

단숨에 달려간 제이드가 남자에게 덤벼들어 쓰러뜨렸다!

"우왁?! 이게 무슨…?!"

"자객은…."

제이드가 말했다. 자신의 얼굴을 덮고 있던 마스크를 벗으며.

"이런 사람입니다, 알스 장군님."

"제이드?!"

남자는 제이드의 얼굴을 보자마자 놀라서 신음했다.

이 녀석이… 쉐라를 등용한, 어떤 의미에서든 모든 일의 원흉인 알스 장군?!

"묻고 싶은 건 산더미처럼 많습니다만."

그렇게 말하고 그는 한순간 입을 다물었다.

확실히 묻고 싶은 건 정말 많을 것이다. 쉐라에 대한 것, 아버지의 죽음에 대한 진상, 그리고 이 나라가 지금 어떻게 된 건지….

"하지만 지금은 한 가지만 묻죠….

그 여자…, 쉐라는 지금 어디에 있습니까?"

후우….

알스는 작게 한숨을 쉬었다.

"그 여자 말이냐…?"

지친 듯한 어조로 말하더니….

"핫!"

한순간 방심한 제이드를 밀쳐내고 단숨에 일어섰다.

"대답을 듣고 싶으면…."

허리춤의 검을 스릉 뽑아 들었다.

"싸워서 나를 이겨라!"

"좋습니다!"

대답하고 검을 뽑는 제이드.

"여러분은 끼어들지 마시길!"

말이 끝나자마자 단숨에 땅을 박차고 베어간다!

카앙!

검과 검이 맞부딪치며 작은 불꽃을 튀겼다.

알스는 공격을 막아내고 한 발짝 물러서더니 제이드의 검을 휘둘러 떨쳐내고 자신의 검을 가로로 휘둘렀다.

그것을 막아내고 반격하는 제이드.

기사 검법의 정면 대결이다. 힘과 힘, 칼과 칼이 맞부딪치면서 계속해서 2합, 3합. 검과 검이 번뜩인다.

이윽고 쌍방의 내려치는 일격이 허공을 갈랐다.

그리고….

"……!"

털썩 무릎을 꿇은 건 알스 장군 쪽이었다.

제이드의 일격이 알스의 오른쪽 어깨부터 아래쪽을 얕기는 하지만 똑바로 베었던 것이다.

알스가 약했던 건 아니다. 뭐, 그리 강했던 것도 아니었지만… 제이드는 분명히 강했다.

"과연… 그란시스 장군의 아들이로군. 내 실력으론 역시 버거

윘나….”

“이제 와서 아버지에게 아부하는 겁니까?! 아버지를 암살해놓고!”

제이드의 호통에 알스는 힘없이 고개를 저었다.

“그건….”

말을 하려다 말고 다시 고개를 저으며 말을 꿀꺽 삼켰다.

“아니…. 무슨 말을 들어도 마땅하지…. 그 여자를 전하에게 소개하고… 이 나라를 썩게 한 것은… 다름 아닌 나였으니까….”

“마치 자신은 아버지의 죽음과 아무런 관계가 없다는 말씀 같군요.”

“믿으라고는 하지 않겠네. 의심하는 것도 당연해….

선친과 나는 결코 사이가 좋았다고 할 수 없었으니까….

나는… 웰즈 전하를 경애하고 있네.

그것만은 거짓 없는 사실이야.

경애하는 그분을 즐겁게 해드리는 것… 그것이 나쁜 일이라고는 생각지 않네.”

알스는 말했다. 웰즈 전하란 다름 아닌 현 국왕 웰즈 제노 가이리아를 말하는 것이리라.

“그러나 그것을 아첨이니 아부니 하는 것으로 폄하하는 사람이 있는 것도 사실이었지…. 그란시스 장군도 그중 한 사람이었고….

내가 쉐라를 전하께 소개한 것도… 뛰어난 인재를 손에 넣었다는 걸 알려 기쁘게 해드리기 위함이었네….

그러나… 그걸로 끝나지 않았어…

그 뒤 그 여자가 어떻게 전하께 접근했는지… 솔직히 나는 잘 모르네…. 언제부터인가… 전하의 곁에는 항상 그 여자가 있게 되었지….

하지만 나는 별 상관없다고 생각했어.

그걸로 전하가 만족하신다면….

그리고 그날도… '쉐라의 요청'으로 자네 아버님이 성에 호출되었고…

며칠 지나지 않아 병환으로 돌아가셨다는 소식이 들려왔네…."

"……."

제이드는 검을 겨눈 그 자세 그대로 가만히 이야기를 듣고 있었다.

"그 무렵부터… 나는 생각하기 시작했네….

내가… 잘못한 게 아닐까 하고…."

그때.

"장군님!"

"알스 장군님!"

알스의 말을 끊고 건물 안에서 우글우글 몰려나오는 한 무리의 병사들.

이런! 병사들이 올 때까지 시간을 끌 생각이었나?!

"이 녀석들…."

병사들의 칼이 일제히 이쪽을 겨누었다. 하지만.

"잠깐!"

그 움직임을 제지하고 나선 것은… 다름 아닌 알스 장군이었다.

"자객은… 밖에 있다…. 다른 문을 통해 밖으로 나갔으니까… 나한테는 신경 쓰지 말고… 어서 가라…."

"?!"

우리들도. 그리고 병사들도.

뜻밖의 한마디에 잠시 할 말을 잃었다.

"하… 하지만 장군님?!"

"어서 가라니까!"

주저하는 병사에게 다시 알스의 질타가 날아들었다.

물론 그런다고 병사들이 납득할 리가 없었다. 병사들 중에는 제이드의 얼굴을 알고 있는 자도 있을 것이다. 현재 나라에서 추방된 제이드가 다친 알스에게 피 묻은 검을 겨눈 채 서 있는 상황이다.

이 상황에서 알스의 말을 곧이곧대로 믿는 게 이상하다.

"이건… 명령이다!"

"……"

명령이라는 한 마디에 병사들은 잠시 침묵을 지키고 서로 얼굴을 마주 보았다.

"아… 알겠습니다…. 하지만 그 상처는…."

"신경 쓰지 말라고 했지? 나는 아직 이자들과 할 이야기가 있으니까 어서 가라."

병사들은 다시 잠시 침묵을 지켰다.

"알겠습니다. 그럼 무사하시길."

어떻게 말해야 좋을지 알 수가 없는 듯 조금 얼빠진 듯한 한 마디를 남기고 병사들은 발길을 돌려 알스의 지시대로 다른 쪽을 향해 갔다.

"어째서?"

"말했다시피… 이야기가… 아직 안 끝났으니까…."

병사들의 뒷모습을 지켜보던 알스 장군은 제이드가 그렇게 묻자 자조 섞인 웃음을 지으며 대답했다.

"내가 후회하기 시작했다는… 대목까지 이야기했던가?

전하가 기뻐하신다면 만족스럽다… 그때까지는 그렇게 생각하고 있었지…. 하지만 아무리 전하를 불쾌하게 해드리더라도 안 될 때에는 안 된다고 진언하는 것도… 필요하지 않을까 생각하기 시작했네…."

"……."

제이드는 겨누고 있던 검을 철컹, 칼집에 넣고 우리 쪽으로 힐끔 시선을 돌렸다.

"누구…

회복 주문을 쓸 수 있는 분이 이분의 상처를 치료해주실 수 없나요?"

"후우… 넌 정말 속도 좋구나.

하는 말을 곧이곧대로 다 믿다니…."

어이없다는 듯 말하는 루크 옆에서 미리나가 알스에게 리커버리[治癒] 주문을 외우기 시작했다.

"뭐, 인간은 다른 사람을 믿지 못하게 되면 끝장이지만…."

이번엔 조금 어색하게 중얼거리는 루크.

알스의 상처가 느릿하긴 하지만 확실히 낫기 시작했다.

"고맙네…."

알스는 그렇게 말하고 뒷말을 이어갔다.

"그리고 며칠 전… 전하께선 나를 부르셔서 말씀하셨네.

내 이름으로 귀공과 형님분의 추방 명령을 내리라고.

전하 옆에는 역시 그 여자… 쉐라가 있었네….

그때… 깨달았지….

지금 이 나라를 움직이고 있는 사람은 그 여자라는 것을…

이 나라에는 이제 얼간이들밖에 남지 않았다는 것을.

그리고… 나 자신도 그 얼간이 중 하나라는 것을….

너무 늦었지… 깨닫는 것이…."

후우….

알스는 작게 한숨을 내쉬었다.

"내 이야기를 믿지 못한다 해도 어쩔 수 없네.

나를 베고 싶으면 베게.

그 대신… 이라고 하면 좀 **뻔뻔**하지만 부탁이 하나 있네.

그 여자는 지금도 전하 곁에 있네.

그 여자를 어떻게 할 생각인지는 굳이 묻지 않겠지만… 부탁이

네. 전하에게만은 위해를 가하지 말게."

"처음부터 그럴 생각이었습니다."

제이드는 고개를 끄덕였다.

"저 역시 웰즈 전하를 경애하고 있으니까요.

그리고 또 한 가지,

당신이 하신 말씀이 진실인지 거짓인지 지금의 저로선 알기 어렵습니다.

그렇기에…

당신을 이곳에서 심판할 권리는 저에게 없습니다."

"그렇군…."

작게 한숨을 내쉬는 장군의 옆에서 아무 말 없이 미리나가 일어섰다.

원래 깊지 않았던 알스의 상처는 지금은 거의 아문 상태였다. 이제는 내버려두어도 완치될 것이다.

"이야기가 길어졌군….

그 여자…, 쉐라는 지금 전하와 함께 궁전 북쪽에 있는 전하의 집무실에 있네."

"알겠습니다."

"그 여자는 정체를 알 수 없으니… 조심하게…."

"다녀오겠습니다."

제이드는 알스에게 기사식으로 예를 표하고 빙글 돌아서서 복도 쪽으로 달려갔다.

그 뒤를 따르는 우리 네 사람.

—문득 뒤쪽을 돌아보았다.

알스 장군은 그 자리에 주저앉은 채 달려가는 우리들의 모습을 하염없이 지켜보고 있었다.

밖이 소란스러운 때문인지 궁전 건물 내부에 병사들의 모습은 거의 없었다.

잊을 만하면 가끔씩 나타나는 병사들도 어떤 이는 가우리의 주먹 한 방으로, 또 어떤 이는 미리나의 슬리핑 술법으로 너무나 쉽게 곯아떨어졌다.

일행은 정원을 가로지르는 옥외 복도를 달려서 그리 어렵지 않게 궁전에 도착했다.

쉐라는 그란시스 왕과 함께 있다고 했고, 아무리 밖이 소란스럽다고 해도 왕의 친위대가 국왕의 곁을 떠날 리는 없었다.

그래서 그럭저럭 많은 숫자의 병사들과 맞닥뜨릴 것이다.

그럴 줄 알았는데….

——?!

궁전에 들어선 그 순간.

우리 일행은 동시에 그 자리에 멈추어 섰다.

그곳은 작은 홀처럼 되어 있는 곳이었다.

물론 메인 홀은 아니고 병사나 하인들의 집합장으로 쓰이는 곳처럼 보인다.

사람의 모습은 그 어디에도 없었다.

그러나… 분명히 그곳에는 어떤 기척이 가득했다.

다시 말해 독기였다.

"또 '결계'인가요?"

"그렇다."

제이드의 질문에 대답한 것은… 일전에 들은 적이 있는 목소리였다.

"레비포어?!"

언젠가 '샤먼'과 함께 습격한 왕눈이 마족의 이름을 부르고 주위를 둘러보았지만 그 모습은 어디에도 보이지 않았다.

"너희들에게 이 성의 병사들… 즉 평범한 인간들을 보내고 구경만 할 예정이었는데…

아무래도 실패한 것 같아서 말야…."

"뭐, 인간의 심리를 읽고 조종하는 건 역시 너희들보다 내 쪽이 우위였다는 소리지."

"음, 그런 것 같군…."

레비포어는 나의 도발을 가볍게 받아넘겼다.

"그렇다면… 인간들이 여기저기 얼쩡거려봤자 서로에게 방해만 될 뿐이겠지?

그래서 이렇게 무대를 만들어준 것이다."

말이 끝나자마자 로비 맞은편 문이 콰당! 소리를 내며 열렸다.

이쪽으로 오라는 말이겠지만….

"흥! 웃기고 있네!"

어디 있는지 모르는 레비포어에게 나는 크게 가슴을 펴고 말했다.

"우리들이 노리는 건 쉐라뿐이야! 분명히 말해 너 같은 조무래기는 아무래도 좋아!

일부러 조무래기들을 상대하기 위해 함정이 있을 게 뻔한 곳으로 갈 리 없잖아!"

"저기… 리나 씨…."

의기양양하게 말하는 나에게 제이드는 소리를 낮추어서 말했다.

"어찌 됐든… 집무실로 가려면 저곳을 지나야 하는데요…."

"……."

으음….

"역시 쉐라와 싸우기 전에 레비포어 일당을 해치워서 후환을 없애고 만전의 태세로 임하는 게 좋겠어!"

"하지만 다르게 말하면 선택의 여지가 없다는 거 아닌가…?"

"시끄러워, 가우리.

어쨌거나 다들 방심하지 마."

그리고 우리들은 걸어갔다.

맞은편 문… 마족들이 기다리는 싸움터로.

싸움 준비는 갖추어졌다.

가우리가 들고 있는 흡마(吸魔)의 검(멋대로 내가 그런 이름을 붙였다)에는 다크 크로[黑狼刀]의 술법이 걸려 있다. 이거면 마족에게도 그럭저럭 대미지는 입힐 수 있을 터다.

복도를 나아가면서 길이 좌우로 갈릴 때마다 어디에선가 왼쪽이다 오른쪽이다 지시하는 레비포어의 목소리가 들려왔다.

"아무래도… 알현실로 가고 있는 모양이군요."

그 지시에 따라 걸어가면서 제이드가 중얼거렸다.

"쉐라가 있는 집무실은 어디지?"

"전 직접 가본 적은 없습니다만… 아버지께 전에 들었던 바로는 알현실을 통해 갈 수 있다고 합니다."

"그렇구나…."

고개를 끄덕이고 나는 입을 다물었다.

그렇다면 아마 레비포어 일당이 공격하는 곳은… 알현실.

그곳에서 어느 정도 더 걸어가자 이윽고 어떤 문 앞에 도착했다.

"알현실입니다."

제이드가 말하고 나서 문에 손을 가져가려 하자 나는 그 어깨를 잡아서 제지하고 가우리에게 눈짓을 보냈다.

작게 고개를 끄덕이고 검을 뽑아 드는 가우리.

"연다."

말한 그 찰나….

문 뒤쪽에서 살기가 일었다.

가우리의 검이 번뜩이자.

여러 조각으로 잘린 문이 바닥에 떨어졌다.

문 안쪽에서 보인 건 꿈틀대는 여러 개의 검은 그림자와 우리 쪽으로 날아오는 무수한 빛줄기!

"붐 에온[虛靈陣界]!"

순간 루크와 미리나가 친 마법 방어 결계가 우리 일행 다섯 명을 감쌌다!

바바바바바바바바바바바!

무수한 빛줄기가 결계에 부딪혀 깨지고 빛이 되어 허공에 흩어진다.

첫 번째 공격을 결계가 막아낸 그 순간.

나는 결계에서 한 발짝 밖으로 나와서 외워두었던 술법을 해방했다.

"브람 블레이저[靑魔烈彈波]!"

증폭한 일격은 그림자 몇 개를 날려버렸다.

"우오오오오오오오오!"

동시에 고함을 지르며 좌우에서 돌진하는 가우리와 제이드.

루크와 미리나도 결계를 풀고 다음 주문을 외우면서 문 안으로 달려든다.

높은 천장. 넓은 공간.

똑바로 뻗은 붉은색 융단 끝에는 지금 아무도 없는 옥좌가 하나.

융단 좌우에는 죽 늘어선 대리석 기둥.

그 공간 안에 있는 검은 그림자들의 숫자는 대충 보아 20~30.

보아하니 다들 '샤먼'이나 '히드라'와 비슷한 모습을 하고 있다. 새카만 온몸. 의미를 알 수 없는 기괴한 문양.

머리나 손발의 형태가 다른 녀석도, 무기를 들고 있는 녀석도 있었지만 어쨌든 이 자리를 가득 메우고 있는 건 이런 녀석들뿐.

대충 보건대 최소한 레비포어의 모습은 없다. 어쩌면 '샤먼' 정도는 개중에 섞여 있을지도 모르겠지만 이런 상황에서 일일이 찾고 있을 수는 없는 일.

조금만 방심하고 있으면 여기저기서 불과 얼음의 화살과 창이 마구잡이로 날아오니 말이다.

필사적으로 피하며 주문을 외울 수밖에.

"블래스트 애시[黑如陣]!"

콰앙!

쏜 주문이 검은 녀석들 여러 마리를 휘감자 그 뒤엔 먼지도 남지 않았다.

주위를 돌아볼 수 있는 상황은 아니지만 다른 사람들도 아무래도 선전하고 있는 듯하다.

―그나저나 이 녀석들, 순마족치곤 그리 강하지 않다…. 아니, 분명히 말해 약하다.

혹시 레서 데몬이나 브라스 데몬급의 힘밖에 없는 게 아닐까?

이 정도면… 해볼 만한 것 같은데.

생각한 찰나.

뒤쪽에서 기척이 일었다.

"?!"

돌아볼 틈도 없이 나는 곧바로 옆으로 피했다.

거의 동시에 뒤에서 망토를 뚫고 빛이 옆구리를 스쳐 지나간다.

"꽤 감이 좋군…."

들려온 목소리에 검은 마족들의 움직임이 멎었다.

돌아보니 그곳에는… 레비포어를 비롯한 그림자 네 개.

레비포어와 '샤먼', 그리고 내가 모르는 마족 두 마리.

한 마리는 반투명에 밋밋한 거한. 그리고 다른 한 마리는 어깨에서 촉수가 두 개씩 난 이끼색 녀석으로 얼굴에는 눈동자 하나만 있을 뿐.

레비포어는 주위를 대충 둘러보았다.

"이 녀석들만으로 너희들을 해치울 수 있을 거라곤 생각하지 않았지만… 이렇게 단시간 만에 이 정도 숫자를 없앨 줄이야…."

확실히 방금 우리들의 공세로 검은 마족들의 절반… 까지는 아니더라도 3분의 1 정도는 이미 쓰러진 상태였다.

"역시 원래 가지고 있는 자질의 차이가 큰 건가…. 그렇다면 쓸모가 없는 게 당연하지…."

알아듣지 못할 소리를 주절거리더니 시선을 내 쪽으로 돌린다.

"오랜만이구나…. 요전번엔 네가 리나 인버스라는 사실을 모르고 방심하다 당하고 말았다….

그 답례를 해주지….”

“그렇게 신경 쓸 것 없어. 너무 고지식하게 살다 보면 인생이 괴로워지니까.”

레비포어의 말을 익살로 되받으면 나는 주춤주춤 장소를 이동했다.

다른 네 사람도 검은 마족들과 레비포어 일당의 움직임에 주의하면서 조금이라도 유리한 장소로 조금씩 움직이고 있다.

그 움직임을 눈치챘는지 못 챘는지 레비포어 일당은 미동도 하지 않았다.

“나도… 남자들에겐 빚이 있고 말야….”

이끼색 마족이 말했다.

“저 녀석, 빚이 있다고 말하는데,

누구지?”

“지난번 여관에서 공격했던 그 녀석이잖아!”

가우리의 질문에 대답하는 루크.

흠, 여관에서 가우리 쪽을 습격한 두 마리 중 살아남은 녀석인가?

“뭐, 거만하게 이름을 밝힌 것치곤 동료가 죽자 울면서 돌아간 녀석이니까 인상에 안 남는 것도 무리는 아니지만.

그러고 보니 이름이 뭐였더라?”

“리카기스다.”

루크의 도발에 전혀 동요하는 기색 없이 대답하는 마족.

"베이즈, 너도 뭐라고 한 마디 하는 게 어때?"

"……."

레비포어의 말에 밋밋한 거인이 약간 얼굴을 움직였지만 결국 아무 말도 하지 않았다.

―물론 그동안 나는 허점만 생기면 주문을 날리려고 상대를 주시하고 있었는데 이것저것 이야기를 하면서도 레비포어 일당의 의식은 항상 우리들 쪽으로 향해 있었다.

"흠… 인사도 없는 거냐…?

그러고 보니…."

레비포어는 짐짓 무언가 떠올랐다는 듯 태연한 몸짓으로 '샤먼' 쪽을 돌아보았다.

"넌 저 녀석들에게 자기소개를 했던가?"

"자기… 소개…?"

그 말에 고개를 갸웃거리는 '샤먼'.

"그래, 네 이름을 녀석들에게 밝혔는지 묻고 있는 거다."

"가르쳐주지… 않았다…. 필요… 없다…."

레비포어의 두 눈이 스윽 가늘어졌다.

마치 무언가를 재미있어하는 것처럼.

"상관없으니까 가르쳐줘라, 너의 이름을."

"이… 름…."

'샤먼'은 말했다.

더듬거리는 어조로.

"나의… 이름은… 그란시스… 코드웰…."

——?!

한순간.

주변의 공기가 얼어붙었다.

그란시스… 코드웰?!

그렇다면…?!

"까불지 마라!"

그 침묵을 깨고 제이드가 소리를 질렀다.

"그건… 내 아버지의 존함이야!"

"그래, 알고 있다."

레비포어가 말했다. 놀리듯이.

"그러니까…

그 이름대로 그는 틀림없는 그란시스 코드웰이다."

"헛소리 마! 저 녀석이 어떻게 내 아버지냐?! 내 아버지는 이미
…."

"병사했다고?

그럼 그 시신을 본 사람이 있나?

암살을 병사로 발표하는 건 자주 있는 일이지…, 그럼 행방불명
을 병사로 발표하는 일도 이상하지 않을 터."

"그렇다고 해서…."

"레서 데몬을 알고 있겠지?"

제이드의 말을 끊고 레비포어의 목소리가 울려 퍼졌다.

"레서 데몬은 작은 동물처럼 자아가 약한 생물에게 아스트랄 사이드의 하급 데몬이 빙의해서 육체를 변질시켜 태어난다."

"무슨 소리냐?!"

"그리고 쉐라 님은 재미있는 검을 가지고 계시지."

—아!

"마검 두르고파.

요검이자 마족인 존재.

사람에게 빙의해서 마음을 갉아먹고 육체를 변질시켜 강력한 데몬으로 만드는 검.

따라서…

두르고파를 사람에게 빙의시켜 자아를 파괴한 다음 빙의를 푼다면,

자아가 파괴된 인간이 만들어지는 셈이다.

그 뒤에 아스트랄 사이드에서 불러낸 하급 마족을 빙의시키면 어떻게 될까?

대답이 이것이다.

조금 진귀한 하급 데몬이 만들어지는 셈이지."

"무슨 소리를… 하는 거냐, 너?!"

떨리는 목소리로 외치는 제이드.

확실히… 두르고파의 힘을 실제로 보지 않은 사람에겐 그런 이야기를 곧이곧대로 믿으라고 하는 건 무리일 것이다.

그러나….

아마 사실이리라, 방금 레비포어가 한 말은.

'샤먼'이 순마족이 아니라면… 자신의 발을 써서 이동할 수밖에 없다면, 습격과 습격 사이에 생긴 시간 지연도 설명이 된다.

그는 일일이 지시를 받으러 이 마을에 돌아왔던 것이다.

그리고 실력과 언동의 격차도 그렇게 된 거라면 이해가 간다.

이 자리에 있는 다른 그림자들이 레서 데몬이나 브라스 데몬급의 힘밖에 없는 것도.

그렇다면 알스 장군은 역시 자신이 말한 대로 단순한 중개역이었다는 말인가? 쉐라가 그에게서 그 부분의 협력을 얻을 필요성은 전혀 없는 거니까.

"물론 이 방법은 다소 문제점도 있다.

마력은 둘째치고 운동 능력은 원래 인간의 자질에 크게 좌우된다는 것.

강하다고 생각하지 않았겠지?

이 알현실에 있는 이 녀석들을."

"그렇다면…."

나는 힐끔 시선을 돌려서 방 안에 가득한 검은 그림자들을 훑어보았다.

"그렇다.

계획에 방해가 되는 이 나라의 문관과 귀족들 중…

몇 사람이나 '병사'로 발표되었는지 알고 있나?

하지만 아무래도 대부분의 녀석은 운동 신경이 그리 뛰어나지 않았던 모양이야."

"거짓말이야!"

외치는 제이드.

"사실이다."

냉정하게 대답하는 레비포어.

"거짓말 같으면 시험해봐라. 아버지와 검술 수련을 한 적이 있을 테니

그 기술은 기억하고 있겠지?

그란시스, 그 녀석을 상대해줘라. 가볍게."

그 말에 '샤먼'은 천천히 한 발짝 앞으로 나섰다.

손에 한 자루 검을 늘어뜨린 채.

"우오오오오오!"

제이드가 달렸다. '샤먼'을 향해.

카앙!

제이드가 펼쳐낸 최초의 공격은 너무나 쉽게 검에 막혔다.

마치 그렇게 올 걸 예상이라도 했다는 듯.

"이… 이 자식! 이 자식! 이 자식!"

잇달아 제이드가 휘두르는 검을 '샤먼'은 너무나 쉽게 피하고 흘려버렸다.

그리고….

휘익!

허점을 발견하고 '샤먼'이 펼친 공격을 제이드의 검이 막아냈

다. 제이드는 크게 뒤로 물러서더니….

"거짓말이야…."

작게 중얼거렸다. 떨리는 목소리로.

"거짓말이야!"

"정말로 그렇게 생각해?"

레비포어의 질문에 그는 한순간 말꼬리를 흘렸다.

"거짓말이야…!

하지만… 하지만 어째서…?!"

"검술이 같으냐는 거지?

너도 알 텐데? 대답은.

그란시스는 너의 검술을 알고 있기 때문이다.

몇 번이고 함께 수련을 했으니 말이야."

"우…."

제이드는 잠시 침묵하더니 주먹을 부들부들 떨면서….

레비포어를 날카롭게 노려보았다.

"되돌려놔라! 아버지를! 인간으로!"

"그건 무리로군."

피를 토하는 듯한 제이드의 외침을 레비포어는 가볍게 흘려 넘겼다.

"만약 인간으로 되돌릴 수 있다 해도 결과적으로는 자아가 망가진 폐인 한 명이 만들어질 뿐이다."

"거짓말이야!"

"사실이야.

만약 '그란시스'의 자아 중에 망가지지 않고 남아 있는 부분이 있었다면 네 형… 자기 아들을 자기 손으로 죽일 수 있었을 거라 생각하나?"

"……?!"

이번에야말로.

레비포어의 말에 제이드는 경직되었다.

—그랬던 것이다.

'샤먼'… 아니, '그란시스'는 제이드의 형으로 보이는 인물을 죽인 바 있다.

"다시 말해… 그렇게 된 거다. 크크크크크."

사뭇 즐거운 듯 그렇게 말하더니 레비포어는 작게 웃음을 흘렸다.

—먹고 있는 것이다.

제이드의 절망을.

그들 마족의 식량이 되는 건 살아 있는 것들이 만들어내는 부정적인 감정….

"그래서…?"

제이드를 대신해서 이번엔 내가 물었다.

"너희들은 뭘 꾸미고 있지? 이 나라에 들어와서 권력을 장악하고 사람을 데몬으로 바꾸어서….

전에 카오스 드래곤(마룡왕) 가브도 이것과 비슷한 짓을 했지만…

그것은 카타트의 마족과 싸우기 위해서였어.

그럼 지금은?

인간과 전면전이라도 벌일 생각이야?”

“대답할 필요는 없다고 생각하는데….”

웃음을 띠고 대답하는 레비포어.

“결국 우리들이 해야 할 일은 오직 하나…

다시 말해 죽고 죽이는 일이다.

그렇다면 어서 시작하는 편이 좋지 않을까?”

제이드의 마음을 있는 대로 흔들어놓은 주제에 잘도 지껄이고

있다.

“그렇군….”

그러나 레비포어의 그 말에 동의한 건 다름 아닌 제이드였다.

“아버지를 구하기 위해선… 그 방법밖에 없으니까….”

말하고 나서 칼끝을 ‘그란시스’에게 척! 겨눈다.

“그럼… 시작해볼까?”

그것이….

싸움의 신호탄이 되었다.

제이드가 땅을 박찼다.

그와 동시에 ‘그란시스’도.

마족 세 마리가 흩어지는 것과 동시에 주위에 있는 검은 그림자

… 즉 '데몬'으로 변한 자들이 공격 태세에 들어갔다.

"펠자레이드!"

"애서 디스트[黑花滅]!"

주문을 미리 외워두었는지 루크와 미리나가 쏜 술법이 '데몬'들을 휩쓸어버렸다.

"우오오오!"

카앙!

'그란시스'는 제이드의 검을 가볍게 막아냈지만 제이드는 '그란시스'의 반격을 가까스로 막고 피했다.

'그란시스'에게서 다소의 여유가 보이는 것에 비해 제이드는 전혀 그렇지 못했다. 기술면에서도, 정신면에서도.

제이드의 검에는 잡념이 담겨 있다. 이래서는 이길 수가 없다.

다시 한번, 두 번 검이 교차하자….

한순간 제이드에게 허점이 생겼다.

주저 않고 그곳에 일격을 날리는 '그란시스'!

그리고….

카앙!

검이 제이드의 몸에 닿기 직전.

일격을 막아낸 건 가우리의 검이었다.

한 발짝 물러나서 거리를 벌리는 '그란시스'.

"끼어들지 마십시오!"

"너 말야…."

가우리는 검을 '그란시스' 쪽으로 겨눈 채 제이드에게 난처한 표정을 보였다.

"너… 함께 죽을 생각으로 싸우고 있지?

그 심정이 이해가 안 되는 아니지만 그런 식으로 싸우는 걸 그냥 두고 볼 수는 없어. 아무리 그래도."

가우리도… 그리고 제이드도 알고 있을 것이다.

제이드의 실력으로는 '그란시스'를 당해낼 수 없다는 것을.

물론 제이드는 강하다. 강하지만 그것은 상식 내에서의 강함이다.

그러나 가우리와 '그란시스'의 강함은 분명히 말해 그 상식을 초월한 정도다.

"이렇게 된 이상…, 아버지를… 구하려면 죽일 수밖에 없습니다…."

제이드는 중얼거렸다. 떨리는 주먹을 움켜쥐고.

"제 손으로… 아버지를 구하고 싶습니다…. 그것이 자식 된 도리니까요….

하지만… 지금의 저로선 도저히 아버지를 당해낼 수가 없군요…."

피를 토하듯이 그렇게 말하고 제이드는 가우리에게 살짝 고개를 숙였다.

"아버지를… 부탁드립니다…."

"알았어….

그런 이유로."

가우리는 검을 겨누었다. '그란시스'를 향해.

"네 상대는 내가 맡게 되었다.

간다."

그리고—

가우리와 '그란시스' 두 사람의 검이 불꽃을 튀겼다.

"에르메키아 란스!"

내가 쏜 빛의 창을 레비포어는 가볍게 옆으로 도약해서 피했다.

허나 그 찰나.

"브레이크!"

째앵!

파직!

손가락을 튕긴 순간 레비포어의 근처에서 빛이 폭발했다!

주문을 조금 수정해서 이렇게 되도록 장치를 좀 해놓은 것이다.

"칫!"

별다른 대미지는 없다고 해도 뜨거운 물이나 얼음물을 뒤집어쓴 정도의 대미지는 있을 것이다.

신음하고 작게 휘청거리는 마족.

나는 검을 뽑아 들고 속으로 주문을 외우면서 그곳으로 돌진한다.

"몇 번이고 같은 수법을…!"

그리고 오른손에 들고 있는 검으로 일격을 가한다.

"어림없다!"

그러나 레비포어는 뒤쪽으로 물러나서 아슬아슬하게 그 칼끝을 피한다.

그곳으로 한 발짝 더 파고들어 왼손을 뻗는 나!

레비포어의 머리를 향해.

주문은 이미 다 외운 상태다!

허나.

"어리석군!"

레비포어가 몸을 밑으로 숙였다. 일격을 피하고 반격할 생각인가?

그러나….

"에르메키아 플레임!"

마법이 언제나 손바닥 앞에서 출현하는 건 아니다! 주문에 수정을 가한 일격은 레비포어의 눈앞… 즉 내 배 앞에서 출현했다!

"?!"

그리고 빛은 레비포어의 머리에 정통으로 명중했다!

쉬익!

바람을 가르는 소리를 내면서 이끼색 촉수가 사방에서 루크를 덮쳐왔다.

루크는 조금씩 타이밍을 어긋나게 해서 발사한 4연발의 공격을 뒤쪽으로 물러나서 피하거나 검으로 떨구며 간신히 막아냈다.

그리고….

"블래스트 애시!"

콰앙!

루크의 목소리에 부응해서 검은 무언가가 이끼색 마족 리카기스의 전신을 휘감았다.

그러나 다음 순간.

파직!

젖은 풍선이 터지는 듯한 소리를 내며 검은 공간이 산산이 흩어졌다!

리카기스가 마력의 힘으로 블래스트 애시를 깨뜨린 것이다.

"아닛?!"

놀라 소리치는 루크에게 달려드는 리카기스.

황급히 루크는 다음 주문을 외우며 뒤로 물러났지만.

그것을 노리고 '데몬'들이 쏜 불꽃 화살이 무차별적으로 쏟아졌다!

"칫!"

간신히 피해냈지만 완전히 태세가 무너져버린 루크.

리카기스의 촉수가 움직였다.

그리고 이끼색 촉수는 머리를 베어가고 있었다.

'데몬'들이 쏜 마력의 화살이 미리나를 향해 날아간다.

간신히 몸을 피한 미리나에게 '데몬'들이 다시 공격을 조준한 순간.

'데몬'들 중 한 마리가 비명을 지르며 쓰러졌다.

옆에서 달려온 제이드의 칼에 맞은 것이다.

'데몬'들의 관심이 미리나에게서 제이드로 옮겨졌다.

그렇다고 미리나가 완전히 안전해진 건 아니었다.

압도적인 힘으로 거대한 팔이 허공을 가른다.

부웅!

바람 소리까지 동반한 반투명한 거대 마족 베이즈가 크게 휘두른 팔을 미리나는 크게 뒤로 물러나서 가볍게 피했다.

아니, 피할 생각이었다.

"?!"

착지한 그녀는 그 직후 허겁지겁 크게 몸을 젖혔다.

그 코앞을 그야말로 아슬아슬하게 거대한 팔이 좌우로 스쳐 지나간다.

거리 조절에 실패한 건가?!

반투명이라고 해도 종류는 제각각인데 베이즈의 몸은 거의 해파리에 가까운 반투명이다. 이래선 확실히 거리를 가늠하기 힘들다.

미리나는 더욱 뒤로 물러나서 거리를 벌렸다.

그러고는 한 발짝 옆으로 이동한 다음 베이즈를 노리고 외운 주문을 해방했다.

"펠자레이드!"

그러나 베이즈는 거구에 걸맞지 않은 가벼운 발걸음으로 너무나 쉽게 일격을 피해냈다.

빗나간 미리나의 주문은 그대로 날아가서 그 뒤에 있던 '데몬' 한 마리에게 명중!

그리고 다시.

미리나와 베이즈는 대치했다.

카가가가강!

검과 검이 맞부딪치는 소리가 끊임없이 울려 퍼졌다.

가우리가 펼쳐내는 공격을 '그란시스'의 검이 막고, '그란시스'의 반격을 가우리의 검이 막아낸다.

여러 번 불꽃을 튀기고 나서 두 사람은 동시에 뒤로 물러나서 거리를 벌렸다.

그리고 '그란시스'가 땅을 박찼다!

자세를 낮추고 거의 땅을 기듯 돌진해서 치켜 올리는 듯한 일격을 내뿜는다!

한편 가우리는 위에서 내려치는 일격! 힘이 같다면 가우리 쪽이 유리!

카앙!

다시 한번 불꽃이 허공에 흩뿌려졌다.

순간.

왼손을 칼자루에서 떼고 가우리의 검을 손가락 사이에 끼우는 '그란시스'.

"아닛?!"

왼손으로 가우리의 검을 봉인한 다음 오른손 검으로 가우리의 발을 노리고 가로로 벤다!

땅을 박차고 위로 도약해서 피하는 가우리. 이대로 '그란시스'의 위쪽에 착지한다면 가우리의 승리로 결정되는 거나 마찬가지다.

그러나….

가우리가 도약했을 때 '그란시스'가 왼손을 비틀었다.

검째로. 그리고 가우리째로.

거의 인간의 영역을 벗어난 완력이다. 인간이 아니지만. 보통이라면 던져진 가우리는 그대로 바닥에 처박혀야겠지만—

"읏!"

간신히 공중에서 태세를 바로잡고 조금 균형을 잃으면서도 무사히 바닥에 착지했다.

분명히 말해서 인간의 기술이 아니다.

허나 가우리가 태세를 바로잡기도 전에.

'그란시스' 역시 일어섰다. 여전히 왼손으로 가우리의 검을 붙잡은 채.

그리고….

자유로워진 '그란시스'의 오른손에 들린 검이 검을 쓰지 못하게 된 가우리를 향해 휘둘러졌다!

레비포어의 머리는 깨끗하게 날아가버렸다.

일단 한 마리!

생각한 찰나.

안 좋은 예감을 느끼고 나는 곧바로 몸을 피했다.

동시에….

촤악!

한 줄기 빛이 옆을 스쳐 지나간다.

쏜 것은… 레비포어!

아직 살아 있었나?!

"끈덕지구나!"

"아니. 맞지도 않았다."

머리를 잃은 레비포어가 대답했다.

그리고 어깨 부근이 변형하더니 멀쩡하게 머리가 재생되었다.

—아니… 그게 아니다.

레비포어는 말했다. 맞지 않았다고.

그렇다면 생각할 수 있는 건 오직 하나.

레비포어는 내 일격을 맞기 직전에 변형해서 자신의 머리를 없애 피한 것이다.

으음… 기괴한 녀석….

전에 싸웠을 때에는 허를 찔러서 물리칠 수 있었는데… 이런 이상한 기술을 가지고 있다면 아무리 그래도 싸우기 껄끄럽다.

　해치우려면 지난번과 마찬가지로 허를 찌를 수밖에 없는데 과연 그럴 수 있을지.

　일단….

　"아스트랄 바인!"

　나는 검에 마력을 불어넣었다.

　"소용없다…."

　레비포어의 그 눈이 웃음과 비슷한 형태로 일그러졌다.

　리카기스의 촉수에 의해 몸이 허공에 날아갔다.

　'데몬'들의 검은 목이.

　"조무래기들은 끼어들지 마라!"

　리카기스의 질타에 '데몬'들이 움찔! 몸을 떨었다.

　그사이에 루크는 태세를 바로잡고 있었다.

　외우던 주문을 중단하고 말한다.

　"헤… 무슨 생각인지는 모르겠지만 고맙다는 말은 안 하겠어."

　"당연하지…. 지난번에 도망치고 이번엔 조무래기들의 힘을 빌려서 이겼다는 말을 들으면 못 참으니까 말야….

　넌 나 혼자서 죽이겠다…. 실은 너희들 전원을 나 혼자 다 해치워야… 직성이 풀리지만…."

　"재미있군.

　그럼 해봐라!"

말하고 나서 주문을 외우는 루크.

"물론이다!"

외치며 바닥을 박차는 리카기스.

루크는 주문을 외우면서 뒤로 물러섰다.

그러나… 리카기스 쪽이 더 빠르다!

리카기스는 루크를 촉수의 사정거리 안에 포착하고 촉수 네 개를 동시에 뻗었다.

그리고… 허공에서 촉수 네 개가 꼬인 실이 풀리듯 분열하더니 십여 개의 가는 촉수의 무리가 되어 포위하듯 루크에게로 날아갔다!

미리나와 베이즈의 싸움은 여전히 교착 상태에 빠진 것처럼 보였다.

서로가 펼쳐낸 공격을 서로 피하며 일격을 쏘고 있다.

베이즈의 팔 공격에도 미리나는 더 이상 거리를 잘못 파악하지 않았다.

원리는 지극히 간단. 반투명한 베이즈의 팔은 내리쳐지는 순간 약간 늘어났던 것이다.

일격을 간신히 피하고 거리 파악에 실패한 걸 반투명한 때문이라고 착각했다가는 두 번째 공격에 치명타를 맞게 되는 셈이다.

그러나 미리나는 그것을 완전히 간파하고 몸을 피하면서 주문을 외웠다.

베이즈도 주먹 공격에 마력탄의 공격을 섞어보지만 이 역시 미리나는 잘도 피했다.

그리고….

"에르메키아 란스!"

미리나가 쏜 일격은 몸을 피한 베이즈의 뒤에 있던 '데몬' 한 마리의 몸에 박혔다.

보통이라면 거기서 끝일 것이다.

검을 못 쓰게 된 상태에서 상대방의 공격이 날아온다면.

그러나 '그란시스'와 마찬가지로 가우리도 평범한 전사는 아니다.

카앙!

'그란시스'의 검이 크게 튕겨나갔다.

가우리가 왼쪽 주먹으로 그란시스의 검 옆면을 때렸던 것이다.

동시에 발차기가 '그란시스'의 배에 박힌다.

버티지 못하고 가우리의 검을 놓고서 뒤쪽으로 날아가는 '그란시스'.

내달려서 그를 추격하는 가우리.

구오오오오오!

날아가면서 외치는 '그란시스'.

출현한 마력의 화살이 가우리를 향해 돌진한다!

아무리 가우리라도 이것은 피할 수 있는 거리가 아니다!

"검이여!"

날아오는 빛을 향해 가우리가 날카로운 기합과 함께 검을 내질렀다!

검에 서려 있던 다크 크로의 주문이 해방되며 '그란시스'가 만들어낸 빛과 충돌해서 서로 소멸한다!

그리고….

푸욱!

그 뒤를 따르던 가우리의 검이 '그란시스'의 몸을 꿰뚫어버렸다.

"에르메키아 란스[烈閃槍]!"

내가 몇 번이나 주문을 외웠지만 레비포어는 동요하는 기색조차 보이지 않고, 몸의 일부를 변형시켜 스스로의 배에 구멍을 만들어 첫 공격을 통과시켰다.

하지만 이번에는 조금 다른 맛일 거다!

"브레이크!"

통과시키려는 순간, 술법을 해체했다!

이것은 피할 도리가 없을 거다!

하지만!

"크흡!"

레비포어는 무시하는 듯한 웃음을 지을 뿐이었다.

"그렇게 나올 것도 예상했다…. 방심만 하지 않는다면 확산되어 위력이 떨어진 일격은 아프지도 않아!"

그렇게 말하는 레비포어의 배에 생긴 구멍이 너무나도 간단히 복원되었다.

치잇! 읽혔나!

의표를 찌를 방법을 생각해두지 않은 것은 아니지만… 그 방법은 타이밍 맞추기가 어렵다.

지금 그 방법을 쓴들 실패할 공산이 크다.

그렇다면 지금은, 잠자코 시간을 벌 수밖에.

내가 입 안으로 주문을 외우자―

"소용없다니까!"

레비포어가 다가온다. 여유로운 목소리로.

"아무리 해봐야 소용―"

"펠자레이드!"

목소리는 레비포어의 뒤에서 들려왔다.

베이즈와 대치하던 미리나가 쏜 유탄이 곧바로 레비포어를 향해 날아온 것이다.

"―큭!"

간발의 차로 레비포어는 몸을 변형시켜 자신의 가슴에 커다란 구멍을 만들었고, 또다시 술법을 통과시켰다.

―지금이다!

내가 움직였다.

왼손을 레비포어의 얼굴로 향한 채.

"—설마 그것으로—"

레비포어가 다시 내게 시선을 돌린다.

"…에르메키아—"

"의표를 찔렀다 생각하는 거냐!?"

마족의 가슴에 뚫렸던 구멍이 닫힌다.

그리고—

"크아아아아악!?"

레비포어의 절규가 울려 퍼졌다.

미리나의 일격으로 레비포어의 주의를 이쪽으로부터 돌린 순간.

나는 타이밍을 재고는, 오른손에 들고 있던 검을 던진 것이다.

레비포어가 스스로 자신의 가슴에 뚫은 구멍을 노리고.

다시 나에게… 아니, 내가 쓴 술법에 주의가 쏠린 레비포어는 거의 무의식적으로 변형해서 자신의 가슴에 뚫린 구멍을 메웠고 ….

결국 내가 집어 던진 검을 스스로 감싸버린 꼴이 된 것이다.

아스트랄 바인이 걸린 검을.

그리고 레비포어의 절규와 함께.

"란스!"

내 주문이 해방되었다.

콰앙!

일격은 이번에야말로 가슴의 통증에 의식이 쏠려 있던 레비포어의 머리를 소멸시켰다.

그 순간.

뒤쪽으로 물러서던 루크는 별안간 발길을 멈추었다.

손에 든 검을 집어 던지고 이번엔 앞으로… 리카기스를 향해 돌진한다!

"?!"

예상했던 간격이 흐트러지자 한순간 동요를 보이는 리카기스.

그리고….

"루비 아이 블레이드[魔王劍]!"

루크의 목소리가 울려 퍼졌다.

다음 순간.

좌우로 두 쪽이 난 리카기스의 몸 너머에 붉은 마력의 검을 든 루크가 서 있었다.

베이즈의 팔이 허공을 갈랐다.

─과연 이 녀석은 알고 있을까?

아무 말 없이 날아온 베이즈의 마력탄을 미리나는 너무나 쉽게 피해냈다.

─역시 모르고 있는 모양이다.

미리나의 목적은 자신을 쓰러뜨리는 게 아니라 자신을 유인하면서 동료들을 엄호하는 것이라는 사실을.

미리나가 주문을 쏠 때 반드시 베이즈의 뒤쪽에는 또 하나의 적이 있었다.

그것은 '데몬'일 때도 있었고 어떤 때에는 나와 싸운 레비포어이기도 했다.

베이즈는 알지 못했다.

이 자리에 있는 자신 외의 마족은 이미 다 쓰러졌다는 것을.

나의 공격마법을 등에 얻어맞기 전에는….

4. 패왕군의 음모를 알고 있는 늙은 용

"겨우… 끝났군…."

"그래, 이곳은."

루크의 중얼거림에 미리나가 말했다.

그리고….

제이드는 홀로 말없이 우뚝 서 있었다.

'그란시스'가 쓰러져 있던 곳을 바라본 채로.

레서 데몬이나 브라스 데몬과 존재 방식이 같다면 보통 검으로도 해치울 수 있다. 마력을 해방한 가우리의 검에 가슴을 찔린 '그란시스'는 쓰러졌다.

그리고 그 육체는… 다른 마족이나 '데몬'들과 마찬가지로 순식간에 붕괴해서 지금은 그 흔적도 남아 있지 않다.

"아… 저기…."

가우리가 어떻게 말을 걸어야 할지 몰라서 말꼬리를 흐리자 제이드는 빙글 돌아서서 고개를 숙였다.

"고맙습니다…."

"……."

역시 어떻게 대답해야 할지 몰라 그저 아무 말 없이 머리를 긁

적이는 가우리.

　제이드는 고개를 들고 일동을 돌아보았다.

　"갑시다, 여러분."

　그러고는 망설임이 사라진 표정으로 단호하게 말했다.

　"집무실로…. 쉐라가 있는 곳으로."

　우오오오오오오오, 히이이이이이이…. 구오오오오, 아아아….

　"비명 소리…?"

　집무실로 향하는 복도를 걷는 도중.

　이상한 소리가 들리자 미리나는 작게 중얼거렸다.

　본래 이 부근은 왕과 그 측근밖에 들어가지 못하는 구획인데….

　그런 것치곤 너무나 음습한 장소였다.

　아무런 장식도 없이 바위가 그대로 드러나 있는 벽. 이곳저곳에
밝혀진 램프 불.

　어둑어둑한 그 통로에 어디선가 길게 꼬리를 끄는 묘한 소리가
울려 퍼지고 있었다. 솔직히 말해 으스스하기 이를 데 없다.

　"바람 소리 아냐?"

　그리 흥미가 없다는 듯 말하는 루크.

　"하지만 이건 정말 무슨 소리 같은데?"

　역시 흥미 없다는 듯한 어조로 으스스한 말을 아무렇지도 않게
내뱉는 가우리.

　"딜스 왕의 신음 소리…."

"뭐?"

작게 중얼거린 제이드의 말을 나는 놓치지 않았다.

"아! 아뇨. 단순한 소문입니다."

황급히 설레설레 손을 휘젓는 제이드.

"어디에든 괴담 하나씩은 있는 법이죠.

옛날에 어떤 국왕이 마족의 저주를 받아서 지금까지 살아 있는데 어딘가에 갇혀 있다나 뭐라나…."

그 소문이라면 나도 들은 적이 있다.

지금으로부터 20년 전쯤, 마족 토벌에 나선 딜스 2세 국왕은 마족의 라우구누트 루사부나라 불리는 주법에 의해, 죽고 싶어도 죽지 못하는 살덩이로 변해서 끝없는 고통을 맛보며 이 성에 되돌아왔다.

그리고 지금도 죽음을 맞지 못하고 이 성 어딘가에 유폐되어 고통의 신음 소리를 계속 내고 있다고 한다.

"아마 바람이 복도를 지나면서 이런 소리를 내는 거겠지요. 그래서 그런 소문이 생겨났을 겁니다."

확실히 이 정도면 이상한 소문이 생긴다 해도 이상하지 않다.

그러나 동시에….

그것이 단순한 소문이 아니라 진실일 가능성도 남아 있었다.

과거에 이 나라 국왕이 마족 토벌에 나선 이래 행방불명된 것, 그것은 분명한 사실이다.

또 이 세상에 마족이 있다는 것, 라우구누트 루사부나라는 주술이 존재하고 있다는 것 또한 분명한 사실이기 때문이다.

솔직히 말해서 그것이 소문인지 사실인지 확인해보고 싶다는 호기심도 없지는 않았지만 지금은 그런 걸 조사하고 있을 때가 아니다.

"아, 맞다. 가우리, 잠깐 검을 뽑아서 내밀어봐.

다들 조금 물러나 있어."

말하고 나서 나는 주문을 외웠다.

"블래스트 애시."

파앗!

검은 '무언가'가 검을 휘감더니 순식간에 도신에 흡수된다.

칼날이 거뭇거뭇하게 물들었다가… 얼마 지나지 않아 원래의 은색 광채를 되찾는다.

좋아. 이걸로 검에 마력 충전을 완료!

뭐, 블래스트 애시 같은 게 쉐라에게 통할 거라곤 생각되지 않지만….

"이건 일정 범위… 대략 어른이 두 팔을 벌린 것보다 좀 더 큰 공간을 휘감아서 발동하는 술법이니까 우리 편이 적 근처에 있을 때에는 발사하지 말라고. 알았지?"

"응. 알았어."

검을 칼집에 넣으며 가벼운 어조로 대답하는 가우리.

정말 아는 거 맞아?

이런 걸 잘못해서 우리 편에게 맞히기라도 하면 '여느 때의 익살'로 넘어갈 수 있는 문제가 아니다.

"하지만 정말로 알고 있긴 한 거야? 그 집무실이라는 곳이 어디인지를."

다시 걸음을 옮기며 묻는 루크에게 제이드는 다소 자신 없게 고개를 끄덕였다.

"네, 아마도…."

"아마도… 라니, 너…."

"하지만 알현실 옆에 있는 방에도 '대기실'이라는 표찰이 있었잖아요.

전 특별히 계급도 없는 평범한 기사였기에 집무실 같은 곳에 가 본 적은 없습니다만…

집무실에 갔다가 길을 잃었다는 이야기는 듣지 못했거든요."

아니… 집무실에 갔다가 길을 잃은 녀석이 있다고 해도 다른 사람에게 말은 못 할 거야. 보통은.

뭐, 하지만 복도는 아까부터 거의 외갈래 길. 가끔 옆으로 빠지는 길도 있기는 했지만 그리 긴 길은 아니었다. 이 정도라면 길을 잃을 리는 없을 것이다.

설마 집무실이 비밀 방으로 되어 있을 리도 없을 테고.

"아, 맞다. 제이드, 미리 말해두는데."

나는 걸음을 멈추지 않고 말했다.

"분명 그 알스라는 장군은 전하가 쉐라와 함께 있다고 했지?"

"네. 분명 그랬죠…."

"그러니까

일단 방에 들어가면 넌 전하를 데리고 냅다 도망치도록 해."

"네?!"

무심코 잠깐 걸음을 멈추고 조금 얼빠진 소리를 내는 제이드.

"자…

잠깐만요! 저도 싸울 겁니다!

방해가 되지 않도록 할게요!"

"아니, 방해가 어쩌고 하는 문제가 아니고."

황급히 살랑살랑 손을 휘젓는 나.

솔직히 말하면 쉐라가 상대이니 제이드는 조금 역부족이라는 느낌이 있기는 하다.

그렇다고 나머지 우리 넷이서 상대가 되느냐 하면 그것도 좀 불안한 감이 있지만….

"잘 들어. 내가 하고 싶은 말은 막상 싸움이 벌어지면 누군가가 전하를 호위해야 한다는 뜻이야.

설마 전하를 옆에 두고 쿵쾅쿵쾅 주문을 날릴 순 없잖아?

그리고 만약 상대가 전하를 인질로 잡으면 어떻게 할 거야?

그러니까 누군가가 전하를 싸움터에서 떼어놓아야 해.

그리고

우리 네 사람은 솔직히 말해 전하를 친절하고 정중하게 호위할 마음도, 이유도 전혀 없어.

네 사정이야 어떻든 우리들의 목적은 '전하를 지키는 것'이 아니라 '쉐라를 해치우는 것'이니까.

　그러니 이 역할을 할 수 있는 건 오직 한 사람뿐,

　다시 말해 너뿐이야."

　"하… 하지만…."

　잰걸음으로 쫓아오면서 항의하는 목소리를 내는 제이드.

　"그럼 전하가 죽든 말든 상관 않고 옆에서 싸우는 편이 좋아?"

　"아뇨! 그건 절대로 안 되죠…."

　"그렇지?

　그러니까 역시 이건 네가 해야 할 일이야.

　뭐, 전하는 쉐라를 더 믿고 있으니까 순순히 우리 말을 들을 거라곤 생각하지 않지만….

　그래도 정말로 전하의 안위를 생각한다면 기절시켜서라도 데려가야 해."

　"……."

　내 말에 제이드는 잠시 침묵을 지키더니 대답했다.

　"알겠습니다.

　전하를 안전한 곳까지 모셔다놓고, 저도 서둘러 돌아와서 싸움에 참가하도록 하겠습니다.

　그럼 되겠죠?"

　"아니…, 그러니까 그런 말이 아니고…."

　어떻게 해서든 싸우고 싶은 거냐? 넌.

　쉐라의 힘은 아마 제이드가 생각하는 것보다… 아니, 어쩌면 루크나 미리나가 생각하고 있는 것보다 훨씬 강할 거다.

어지간한 마력검으로 어떻게 해볼 수 있는 상대가 아니다.

나는 작게 한숨을 쉬었다.

"안전한 곳이라고 말하는데…

성의 방이나 마을의 병사 대기소 같은 곳을 생각한다면 큰 오산
이야.

만약 쉐라가 마음먹고 '싸움'이 아니라 '파괴'를 작정한다면 아
마 이 마을에 안전한 곳 따윈 아무 데도 없을걸?"

"그건 좀 과장이 심하지 않나요?"

"사실이야.

그리고 생각해봐.

아까 우리들이 알현실에서 해치운 마족들이…

정말로 적의 모든 전력이라고 단정할 수 있는지."

"다시 말해… 잔존 병력이 있다는 말인가요?"

"그럴 가능성이 있다는 소리야.

녀석들은 무슨 이유에서인지는 모르겠지만 이 나라를 손에 넣
고 싶어해.

그렇다면 국왕을 제압하러 나서겠지.

만약 네가 안전하다고 생각하는 곳에 전하를 데려다놓고 이쪽
으로 달려오는 사이에 남아 있는 적이 전하를 납치한다면 이야기
가 안 되지 않겠어?"

"그야… 그렇지만…."

"너, 그 사람…… 음, 이름이 뭐였더라? 우리들을 숨겨준 문지기 1….."

"마이어스 말인가요?"

"그래, 그래. 그 문지기 1한테 말했잖아.

제명이 됐어도 기사의 마음은 잊지 않았다고.

그럼 전하를 지키는 건 기사의 의무 아냐?"

그렇게 말하고 나는 윙크를 한 번.

"아…."

신음하고 나서 제이드는 작게 미소를 띠었다.

"그렇… 군요….

알겠습니다!

불초 제이드 코드웰, 웰즈 제노 가이리아 국왕 전하를 지키는 대임을 맡도록 하겠습니다!"

음음, 좋아. 좋아.

"그럼 당장 그 대임이라는 걸 수행해줬으면 좋겠군."

걸음을 멈추고 말한 루크의 목소리에 돌아보니 쭉 뻗은 복도 끝에 있는 문 하나가 눈에 들어왔다.

문틈에서 빛이 새어나오고 있다.

"아무래도… 도착한 것 같아."

'집무실'.

문 옆 표찰에는 틀림없이 그 글자가 적혀 있었다.

아마 이 싸움이 길어질 일은 없을 것이다.

패왕장군의 칭호는 허울이 아니다. 쉐라의 힘은 압도적이다.

쉐라의 일격을 맞으면 절대로 무사하게 넘어갈 리 없다.

그리고 우리 쪽 한 명이 무너지면 나머지가 무너지는 데 그리 많은 시간은 걸리지 않을 것이다.

다시 말해….

쉐라가 우리들을 각개격파하는 게 빠를지.

아니면 우리들의 연계가 그보다 먼저 쉐라를 해치울지.

그런 싸움이다, 이것은.

여하튼 단기 결전이 될 것이다.

최후에 서 있는 자는 과연…?

전원은 말없이 고개를 끄덕이고….

콰당!

검을 든 가우리가 단숨에 문을 밀어젖혔다!

그곳은….

내가 상상했던 것 이상으로 넓은 방이었다.

정면에는 커다란 검정색 떡갈나무 책상. 책상 위에는 산더미처럼 쌓여 있는 서류.

그리고 그 책상 옆에는 남녀 한 쌍이 우뚝 서 있었다.

한 사람은 남자…. 아마 그가 웰즈 현 국왕이리라. 나이는 30대 중반이고 긴 흑발에 탄탄한 체격.

그야말로 왕의 위엄을 몸에 두른 듯한 인물이었다.

도저히 쉐라의 미인계나 마력 같은 것에 농락될 사람으로는 보이지 않지만… 그렇게 보이지 않기에 더욱 성가시다는 설도 있다.

그리고 그 옆에 무릎을 꿇은 채 대기하고 있는 건 푸른색 바탕에 은실로 수놓은 예복, 긴 머리를 땋아서 정리하고 검은 장검을 들고 있는 한 소녀.

겉으로만 보면 왕과 그를 받드는 여기사가 분명하다.

그러나….

이 여기사가 받드는 건 일개 왕이 아니라 어둠의 왕….

"웬 놈이냐?"

남자는 동요의 기색조차 보이지 않고 의자에서 일어나서 의연한 어조로 우리에게 물었다.

제이드는 그 자리에 무릎을 꿇었다.

"전 청기사단 소속의 제이드 코드웰입니다.

전하의 의지를 무시하고 갑작스러운 난입,

이 무례를 부디 용서해주시기 바랍니다."

"제이드… 코드웰?

그래, 그란시스 장군의 아들 중 한 명인가?

하지만 분명 그대는 무단으로 마을에서 이탈한 죄목으로 추방된 걸로 아는데?"

"그렇습니다.

하지만 나라의 위기를 맞아 금기라는 걸 알면서도 이렇게…."

"닥쳐라! 이 역적 놈!"

제이드의 말을 끊고 낭랑한 여기사의 목소리가 울려 퍼졌다.

천천히….

여기사… 쉐라는 자리에서 일어났다.

힐끔! 이쪽을 노려본다.

"아까부터 성이 소란스러운 건 너희들의 소행이었구나!

목적은 뭐지?! 설마 전하의 목숨이냐?!"

단호한 어조로 쏘아붙인다.

왕의 목숨을 노리고 있다고 매도해서 국왕으로 하여금 우리들의 말을 들을 생각을 잃게 하는… 꽤 교묘한 수법이다.

"난 전하께 이야기를…."

"닥쳐라!

전하, 이런 자들의 헛소리를 들으면 귀만 더러워질 뿐입니다.

이자들은 제가 처단할 터이니 이 자리는 일단 피하시길."

"음, 그대에게 맡기지. 기대하겠다, 쉐라."

웰즈 왕이 쉐라의 말을 그대로 받아들이고 의젓하게 고개를 끄덕이자 그녀는 무릎을 꿇고 그 손등에 입을 맞추었다.

"분부대로 하겠습니다…."

다시 쉐라가 일어서자 웰즈는 그 자리에서 돌아서더니 벽에 손을 대고 무언가를 조작했다.

구구궁….

낮고 육중한 소리를 내며 뒤에 있는 벽이 열린다.

호오, 왕궁에 하나씩은 있는 유사시를 위한 비밀 통로인가?

"전하!"

벽 안으로 들어가는 웰즈 왕을 뒤쫓기 위해 일어나는 제이드를 가우리의 손이 제지했다.

"어째서…?!"

"바보, 지금 갔다간 죽어!"

그렇다. 문 옆에는 쉐라가 있는 것이다.

구구구구구….

벽은 다시 육중한 소리를 내며 웰즈 왕의 모습을 삼키고 입을 닫았다.

아마 이제 밖에선 열지 못할 것이다.

허나 왕을 뒤쫓는 수단이 아주 없어진 건 아니다.

"제이드! 알스 장군과 합류해서 서둘러 전하의 신병을 확보해!"

"그렇군요! 알겠습니다!"

내 말에 대답하고 발길을 돌려 방에서 달려 나가는 제이드.

장군급 인물이라면 성의 비밀 통로를 어느 정도는 알고 있을 터.

지금의 알스에게 사정을 이야기하면 아마 협력해줄 것이다.

"자… 그럼…."

다시 한번….

나는 그녀에게 시선을 돌렸다.

"이제 오붓하게 우리들만 남았구나,

패왕장군 쉐라…."

천천히….

그녀는 시선을 이쪽으로 돌렸다.

"호오…

알스는 그쪽에 붙은 모양이지?"

"그래.

하지만 너도 진짜 기사 같던데?

손에 키스까지 하고 말이지.

마족은 그만두고 배우로 먹고살아도 되겠어."

"오랜만에 만난 인사가 겨우 그거야?

정말 예의라는 걸 모르는구나.

그리고…

이곳저곳에서 훼방만 놓고 다녔더구나, 리나 인버스."

"그쪽 작전이 너무 무식했던 거 아냐?

그라우쉐라의 부하 이름이 쉐라라니, 이름이 안이하니까 작전
도 안이하…."

"닥쳐!"

쉐라가 지른 그 소리는 무심코 내가 입을 다물 정도로 분노에
가득 차 있었다.

"내 이름 가지고 멋대로 지껄이지 마!"

우와…, 무서워라. 정말 화가 많이 났나 봐.

놀릴 생각으로 한 말이었는데 이래선 완전히 역효과였을지도.

패왕에게 자신의 이름의 유래를 물었더니 정말로 '아무 생각 없

이 붙였다♡'는 대답이 돌아오기라도 한 건가…?

"그건 그렇고,

'작전을 방해했다'고 했는데…."

허겁지겁 화제를 바꾸는 나.

"넌 대체 뭘 꾸미고 있지?

두르고파를 이곳저곳에 빌려주고….

최근 이곳저곳에서 발생하고 있는 데몬의 집단 발생 사건도 네가 한 짓 아냐?"

"대답할 필요는 없겠지!"

그렇게 말하고 허리춤의 검…, 흑의 마검 두르고파를 스릉 뽑았다.

우와, 이 녀석 성미가 급해졌네! 지난번에 만났을 때와 같은 여유가 없어!

"나에겐… 뒤가 없단 말야!"

영문 모를 말과 함께 쉐라의 살기가 부풀어 올랐다!

온다!

부웅!

두르고파가 바람을 가르며 만들어낸 검은 충격파가 우리들을 향해 돌진했다!

즉시 사방으로 흩어지는 네 사람.

검은 충격파는 허공을 가르고 두꺼운 벽을 박살 냈다.

"펠자레이드!"

주문을 미리 외워두었던 건지 곧바로 루크가 쏜 일격을 쉐라는 왼손을 한 번 휘둘러 무산시켰다.

"아닛?!"

고위 마족의 그 힘에 놀라 소리치는 루크.

그곳에 계속해서 미리나의 공격이.

"에르메키아 플레임!"

브라스 데몬 정도라면 한 방에 보낼 수 있는 그것조차도 쉐라가 마검을 한 번 휘두르자 너무나 쉽게 소멸했다.

그때….

"오 오 오 오 오 오!"

옆쪽에서 돌진하는 가우리!

루크와 미리나 두 사람의 주문을 맞받아치기 위해 두 손이 벌어진 그 틈을 놓치지 않고….

촤악!

정확히 쉐라의 몸을 베었다!

그러나 쉐라는 표정 하나 바꾸지 않고 여러 발의 마력탄을 만들어내서 베는 것과 동시에 잽싸게 이탈한 가우리에게 쏟아부었다!

간신히 그 공격을 피하는 가우리.

하지만….

가우리의 일격이… 전혀 안 통하다니….

역시 블래스트 애시 정도의 위력으로는 제대로 된 대미지를 입히기란 무리인가?

"이런! 정말 장난이 아닌데! 이 녀석!"

"그래서 리나가 처음부터 그렇게 말했잖아!"

투덜거리는 루크에게 말하는 가우리.

"그렇다면…."

부웅!

가우리가 쉐라에게 검을 휘둘렀다.

사정거리를 꽤 벗어난 상태에서.

쉐라의 주위를 한순간 검은 무언가가 휘감았다가 눈 깜짝할 사이에 사라졌다.

가우리가 검에서 블래스트 애시를 쏘았고… 쉐라가 그것을 가볍게 소멸시킨 것이다.

그래서 어떡할 생각이야? 가우리.

쉐라는 가우리와 루크에겐 눈길도 주지 않고 주문을 외우는 나를 향해 충격파를 쏘았다!

빠르게 옆으로 피하는 나. 그 움직임을 뒤쫓아서 쉐라도 바닥을 박찬다!

일단 나부터 노릴 생각인가?

야단났다! 접근전으로 가면 내가 불리하다! 내가 들고 있는 쇼트 소드로는 도저히 마족이자 마검인 두르고파를 막아낼 자신이 없다!

그때 옆에서 달려오는 가우리.

검을 내밀어서 쉐라가 쏜 충격파를 그 도신으로 막아낸다!

아! 쉐라가 쏜 '힘'을 도신에 흡수시킬 생각인가!

하지만 문제는 도신이 버텨줄 수 있을지 어떨지인데.

충격파가 도신에 휘감기고….

키잉!

금속이 삐걱거리는 작은 소리! 실패인가!

생각한 찰나, 가우리가 검을 거두었다.

남은 충격파의 힘을 그대로 흘려보내고 잽싸게 나와 쉐라 사이에 끼어든다.

"큭?!"

과연 그 일격을 맞을 생각은 없었는지 황급히 뒤로 물러서는 쉐라.

그곳에….

"다이나스트 브라스!"

파직 파직 파직 파직!

내가 쏜 증폭된 마력의 번갯불이 쏟아졌다!

"……?!"

쉐라는 온몸에 번갯불을 뒤집어쓰고 소리 없는 비명을 질렀다.

파지직!

튀는 듯한 소리를 내며 번갯불이 산산이 흩어진다!

"우오오오!"

그때를 노려 베어가는 가우리!

카앙!

두르고파와 가우리의 검. 두 자루 검이 부딪치며 날카로운 소리를 냈다.

검 실력은 가우리가 위! 여러 합을 나눈 뒤 이윽고 쉐라가 크게 뒤로 물러섰다.

"핫!"

동시에 검을 휘두르는 가우리.

방금 전 쉐라가 쏜 마력의 충격파가 쉐라에게 날아간다!

"웃기지 마!"

쉐라의 일갈이 그 충격파를 허공에서 지워버렸다!

그리고 쉐라는 허공에 여러 개의 마력구를 만들어내었다. 그때.

"라 틸트[崩靈裂]!"

고오!

미리나가 만들어낸 푸른색 빛의 기둥이 쉐라를 휘감았다!

잽싸게 그곳으로 돌진해서 기둥 안의 그림자를 검으로 찌르는 가우리!

"해치운 건가?!"

미리나의 목소리가 울려 퍼졌다.

아직이야!

가우리의 검이 꿰뚫은 건 단순한 그림자.

마족의 특기인 도마뱀 꼬리 자르기!

정신체의 한 조각을 미끼로 남겨두고 본체는 아스트랄 사이드로 도망치는 수법.

그렇다면 다음에 출현하는 것은… 내 뒤쪽인가?!

생각한 순간, 그림자는 미리나의 뒤쪽에서 출현했다.

"뒤를 조심해!"

가우리가 외쳤다.

나타난 쉐라는 마력구를 쏘았다.

미리나는 허겁지겁 몸을 틀었다.

콰앙!

직격은 피했지만 오른쪽 숄더 가드가 완전히 박살 났고, 충격으로 미리나는 뒤쪽으로 날아가버렸다!

쉐라는 다시 미리나를 겨냥했다….

"루비 아이 블레이드!"

그것을 막기 위해 붉은 마력의 칼날을 만들어낸 루크가 쉐라를 베었다!

오늘 두 번째의 발동?! 그건 소모가 너무 심해!

두르고파와 마력의 검이 맞부딪치며 마력의 여파를 흩뿌렸다.

예리함이라면 아마 루크의 루비 아이 블레이드가 한 수 위. 그러나 두르고파는 쉐라가 있는 한, 무한한 재생 능력이 있다.

이대로 가면 먼저 힘이 소모되는 건 루크!

이렇게 된 이상, 쉐라의 발이 멈춘 지금 모든 걸 걸어볼 수밖에 없다!

나는 서둘러 허무의 검… 라그나 블레이드의 주문을 읊기 시작했다.

제때 맞출 수 있을까?!

역시 무리가 있었는지 루크가 만들어낸 칼날의 빛이 삽시간에
약해졌다.

내 영창은 아직 끝나지 않았다.

그리고….

붉은색 빛이 사라졌다.

두르고파가 내리쳐진다.

촤악!

"?!"

공격과 동시에 쉐라의 몸이 크게 뒤로 젖혀졌다.

―가우리!

방금 전의 돌진은 무의미하지 않았다. 마력을 해방한 검에 라
틸트의 힘을 일부 충전한 것이다.

오오! 이번엔 드물게도 머리를 썼구나! 가우리.

아무리 고위 마족이라고 해도 이건 아프지 않을 리가 없다!

쉐라의 손에서 두르고파가 떨어졌다.

떨어진 검을… 허공에서 루크의 손이 받아 들었다!

야, 너!

"아앗?!"

놀라서 소리치는 쉐라를….

푸욱!

루크의 두르고파가 꿰뚫었다!

"하아…."

쉐라의 입에서 작은 한숨이 새어나왔다.

황급히 검에서 손을 떼고 크게 뒤로 물러서는 루크.

"아…."

휘청.

자신의 검을 배에 박은 채 루크에게 다가가는 쉐라.

그곳에….

"하앗!"

가우리가 검에서 해방한 라 틸트가 작렬했다!

그러나 쉐라는 아직 버티고 서 있었다!

하지만… 이걸로 끝이다!

"라그나…!"

쉐라가 돌아보았다. 내 쪽을.

—?!

한순간 의문이 내 머리를 스치고 지나갔다.

그러나 그 의문을 확인할 틈은 없었다!

"블레이드!"

—내가 만들어낸 허무의 칼날은….

패왕장군 쉐라의 몸을 멋지게 두 동강 내버렸다.

째앵….

작고 맑은 소리를 내며 두르고파의 도신이 부러졌다.

도신은 바닥에 떨어짐과 동시에 마른 흙처럼 깨져 흩어진다.

─사라져간다….

두르고파가.

힘의 원천이자 주인인 패왕장군 쉐라를 잃고.

"해치운 것… 같군…. 아무래도."

"'아무래도'가 아니야."

중얼거리는 루크의 옆에서 핀잔을 날리는 미리나.

"저 검을 느닷없이 움켜쥐다니, 무모한 것도 정도가 있지."

"훗, 미리나. 이러니저러니 해도 역시 나를 걱정해주는구나♡"

"네가 그 검에 몸을 빼앗기기라도 하면 적이 한 명 더 늘고 말잖아."

"우우…."

차가운 한마디에 신음하는 루크.

─그도 그렇다.

그 순간 만약 쉐라가 두르고파에게 루크를 지배하라고 명령했다면 패배한 건 우리 쪽이었으리라.

하긴 쉐라도 설마 그런 위험한 검을 잡아서 공격할 것으론 생각하지 못했겠지만.

나도 가끔 무식한 방법을 쓰긴 하지만 이 남자도 상당히 만만치 않다.

"뭐, 어쨌거나 이걸로 사건은 해결된 셈이야."

밝은 어조로 가우리가 말했다.

하지만.

"무슨 소리야….

이제 이 성에 있는 모두의 오해를 풀어야 하는데….

그게 얼마나 힘든 일인 줄이나 알아?"

"아우…."

내 말에 신음하는 루크와 미리나.

그러나 가우리는 변함없이 웃는 얼굴로 말했다.

"핫핫핫. 바보구나, 리나.

그런 두뇌 노동에는 난 열외니까 일단 나는 다 끝났다는 이야기
지."

"그래, 너 잘났다아아아아아!"

퍼억!

외치면서 휘두른 내 주먹은 멋지게 가우리의 안면에 명중했다.

"하지만… 결국 뭐였지? 이번 사건은?"

일련의 사건이 일어난 지 며칠 뒤….

가이리아 시티를 떠나 함께 가도를 걸어가던 중 루크는 문득 떠
올랐다는 듯 그렇게 말했다.

"쉐라가 이 나라를 점거하려 했고,

우리들이 쉐라를 해치워서 그것을 막았어.

그것까진 좋아.

하지만 결국 녀석은 뭘 꾸미고 있었던 거지?"

그랬다.

하나의 사건은 끝났다.

알스 장군의 중재로 쉐라는 다른 나라의 스파이로서 처단된 걸로 처리되었다.

뭐, 사실 그대로 이야기해봤자 아무도 믿지 않을 터이고….

어쨌거나 제이드는 역시 알스 장군의 중재로 다시 기사직을 되찾았고 공적을 인정받았으며…

이름은 까먹었지만 우리들을 숨겨준 문지기 1도 나름대로 상을 받았다고 한다.

이렇게 말하는 우리들 역시 공적을 평가받고 그럭저럭 상금을 받았다.

뭐, 패왕장군과 싸운 것에 걸맞은 금액인지 어떤지는 접어두더라도….

그리고 모든 절차를 끝마친 다음 알스 장군은 스스로 사임.

딜스 왕국은 다시 착실하게 나라의 부흥에 매진하기로 했다.

허나….

쉐라가 무엇을 획책하고 있었는지에 대해서는 결국 알지 못한 채 끝나고 말았다.

아무래도… 개운치 않다.

개운치 않은 점은 또 있다.

과연 이번에 쉐라는 전력을 다했던 것일까?

전에 제이드에게 했던 '쉐라가 전력을 다하면 마을에서 안전한 곳 따위는 없다'는 말. 그것은 에누리 없는 사실이다.

혹시 쉐라는 이번에 그 본래의 힘을 거의 발휘하지 않은 게 아닐까?

뭐, 실력을 발휘하기도 전에 우리들에게 한 방에 갔다는 설도 있지만.

전력을 다하지 않고도 우리들을 이길 수 있다고 생각했던 건지, 아니면 힘을 억누르면서까지 이 나라와 왕을 손에 넣길 바란 건지.

그리고 무엇보다도 마음에 걸리는 것은….

내가 라그나 블레이드로 쉐라를 베려고 한 그 순간.

그녀가… 미소를 머금은 듯 보였던 게 과연 나의 착각이었느냐 하는 점.

물론 그 말은 아무에게도 하지 않았다.

단순히 내가 잘못 본 것일 수도 있으니까.

"하지만 그건 생각해봤자 알 수 없는 일이고…."

"넌 생각하면 알 수 있을 일도 생각하지 않잖아."

말하는 가우리에게 핀잔을 날리는 나.

뭐, 확실히 가우리의 말대로이긴 하지만.

"그런데 어쩌다 보니 지금 우리들은 같은 길을 가고 있는데… 너희들, 이제부터 어디로 갈 생각이야?"

떠올랐다는 듯 묻고 나서 루크는 쯧쯧쯧 하며 손가락을 저었다.

"아, 미리 말해두는데

'함께 여행하자'는 건 안 돼.

나와 미리나 두 사람의 사랑의 여행♡을 방해하려는 눈치 없는 소리는 하지 말아줘."

"그러니까 '사랑의 여행' 같은 게…."

말하려다 말고….

미리나의 움직임이 얼어붙었다.

그리고 동시에 우리들도.

동쪽으로 뻗은 가도.

짐마차와 사람들이 오가는 큰길.

그리고 좌우로 펼쳐진 숲.

그 숲 속에서….

고오!

외침 소리가 울려 퍼졌다!

콰아아앙!

날아온 불구슬이 전방에 있는 짐마차를 정통으로 날려버렸다!

사람들의 비명과 아우성이 주위에 울려 퍼진다!

구오오오오오….

목청을 울리면서 수풀 속에서 나타난 건 한 마리의 레서 데몬!

—아니.

한 마리가 아니다!

또 한 마리, 그리고 또 한 마리, 수풀 속에서 모습을 드러낸다.

그리고… 주변 숲에는 더욱 무수한 기척!

데몬 대량 발생?!

그렇다면… 쉐라 사건과는 다른 사건인가?!

어쨌거나 그런 생각을 하고 있을 때가 아니다. 데몬들은 주위에 있는 사람들을 무차별로 공격하려 하고 있다!

"에르메키아 란스!"

내가 쏜 일격이 겁에 질린 여자를 공격하려던 레서 데몬 한 마리를 때려눕혔다.

"하앗!"

기합과 함께 가우리가 달려가서 데몬들에게 칼을 휘둘렀다.

루크와 미리나의 공격 주문이 불을 뿜었다.

그러나….

적이 너무 많다!

대체 숲 속에 앞으로 얼마나 더 많은 적이 있는 걸까?

떨어진 곳에 몰려 있다면 드래곤 슬레이브 같은 큰 기술로 숲째 단번에 날려버리는 속 시원한 수법도 쓸 수 있지만 지금은 완전히 포위되었다.

이건… 솔직히 말해서 엄청나게 성가시다!

저쪽에서 나온 데몬에게 공격 주문, 이쪽에서 나온 데몬에게 공격 주문.

하나씩 해치워가고는 있지만 상대방도 계속해서 나오고 있다.

"다이나스트 브레스!"

콰앙!

수풀 뒤에서 얼굴을 내민 데몬 한 마리를 박살 내고.

다음 주문을 외우기 시작한 그때.

"사… 살려줘!"

별안간 내 망토에 매달린 사람은 통행인으로 보이는 중년 아저
씨!

이것 봐! 나에게 의지하고 싶은 심정은 알겠지만 못 움직이게
하면 어떡해!

속으로 쏘아붙이고 돌아보려고 했을 때.

눈앞의 수풀을 헤치고 나타나는 한 마리의 브라스 데몬!

이익! 야단났다!

주문은 아직 완성되지 않았다! 게다가 망토는 아저씨가 붙잡고
있는 상태!

브라스 데몬의 눈이 내 쪽을 포착했다!

그리고!

─빛이 휩쓸었다.

콰아앙!

한 박자 늦게 터진 굉음과 동시에 나무들과 함께 데몬이 날아갔
다!

─방금… 그 빛은…?

그리고 다시 번뜩이는 빛.

이 공격은… 하얀 거인?!

생각하고 빛이 번뜩인 쪽으로 시선을 돌린 그 찰나.

빛은 뒤쪽에서 번뜩였다.

—어?!

당황해서 돌아보았지만 숲의 나무들이 가리고 있어서 아무것도 보이지 않는다.

"우와아아아아아아아앗."

무슨 일이 일어났는지 이해하지 못하고 엉금엉금 기어서 나에게서 떨어지는 아저씨.

아무래도 거인의 목표는 데몬들인 것 같지만… 저런 공격에 휘말렸다간 한 방에 끝이다.

"뭐야?! 저게?!"

"아마 그거일 거야! 하얀 거인!"

달려와서 큰 소리로 묻는 가우리에게 나도 큰 소리로 대답했다.

"하지만 두 마리나 되는데!"

"그래!"

"그래… 라니…."

그렇게 이야기를 나누고 있을 때.

"이봐! 도망치는 게 좋지 않겠어?!"

"동감이야!"

달려와서 말하는 루크와 미리나.

"하지만 아직 사람이…!"

"없어!"

루크의 말에 주위를 둘러보니 이미 우리 네 사람을 제외한 사람들의 모습은 주위에서 깨끗하게 사라진 뒤였다.

으잉?! 너희들 어느 틈에?!

방금 전까지 엉금엉금 기면서 내 망토에 매달려 있던 아저씨도, 조금 전까지 울고 있던 여자아이도 기운차게 가도를 달려가고 있다.

우리들은 희생양이냐아아아아!

어쨌거나 이렇게 된 이상, 이곳에 머무를 이유는 없다.

"알았어! 그럼 도망치자!"

"하지만 리나."

"뭐야? 가우리! 말해두지만 여기서 이상한 헛소리를 지껄이면 가만 안 둬!"

"아니…

공격은 이제 끝난 것 같아서…."

"뭐?"

그러고 보니… 아까부터 공격 소리는 끊긴 것 같고….

주위에는 이미 데몬들의 기척도 남아 있지 않다.

"끝난… 건가…?"

"끝났다, 일단은."

목소리는 수풀 속에서 들려왔다.

"?!"

―음? 이 목소리는 어디선가 들은 기억이 있는…?

그쪽을 돌아보니 부스럭부스럭 수풀을 헤치고 나타나는 사람 한 명.

내가 아는 얼굴이었다.

헐렁한 푸른 옷을 입은 꽤 잘생긴 금발의 중년 남성.

"미르가지아 씨?!"

갑작스럽다면 너무나 갑작스러운 인물(?)의 출현에 나는 무심코 소리를 질렀다.

일전에 난 어느 사건으로 북쪽에 있는 드래곤스 피크(용들의 봉우리)에 간 적이 있는데….

그곳에서 만난 골든 드래곤의 장로, 그가 바로 미르가지아 씨였다.

물론 본래는 용이지만 사람으로 변신할 수도 있는데, 그 모습이 이것인 셈이다.

아, 데몬들을 휩쓸어버린 방금 그 빛…. 하얀 거인의 무기인 줄 알았는데 골든 드래곤이 내뿜는 레이저 브레스였구나.

그런데… 그리 멀리 떨어져 있지 않다고는 해도 항상 드래곤스 피크에만 있는 미르가지아 씨가 어째서 이런 곳에?

"귀에 익은 목소리와 이름을 듣고 와봤더니 역시 너였군.

오랜만이다, 인간 소녀.

그리고… 그곳에 있는 인간 남자도."

"아, 오랜만입니다."

미르가지아의 말에 뒤통수를 긁적이며 대답하는 가우리.

"너 또 '실은 누군지 기억이 안 난다'고 말하려고 그러지?"

나의 핀잔에 가우리는 서운하다는 듯한 표정으로 말했다.

"기억하고 있어. 그거잖아, 커다란 도마뱀으로 변하는 한가한 사람."

"'커다란 도마뱀'이라는 말은 삼갔으면 좋겠는데."

"아아아아아아아, 죄송해요. 죄송해요."

미르가지아 씨가 진지한 얼굴로 다가가서 노려보자 당황해서 손이 발이 되도록 비는 가우리.

"그건 그렇고…."

미르가지아 씨는 루크와 미리나 쪽을 돌아보았다.

"다른 두 사람은 꽤 많이 변한 것 같은데?"

"틀려요. 틀려."

"다른 사람이에요, 다른 사람."

설레설레 손을 휘젓는 나와 가우리.

"나도 알아. 농담이었다."

표정 하나 바꾸지 않고 말한다.

용족의 유머 센스는…, 도무지 모르겠다.

"어쨌거나 무사한 걸로 보아 지난번 사건은 해결된 모양이군."

"네, 어찌어찌해서요.

하지만…."

나는 주위를 빙 둘러보았다.

"지금 무슨 일이 일어나고 있나요?

데몬의 대량 발생,

그리고 드래곤스 피크를 떠나는 일이 없던 당신이 이렇게 지금 이 현장에 있어요.

그렇다면 평범한 일이 아니라는 것만은 분명한 것 같은데…."

"으음…."

내 질문에 작게 신음하고 미르가지아 씨는 힐끔 루크와 미리나 쪽을 돌아보았다.

"아, 이 두 사람이라면 걱정할 것 없어요.

믿을 만한 사람들이고 함께…

패왕장군 쉐라를 해치운 동료예요."

"뭐…?!"

나의 그 말에 놀라서 조금 몸을 뒤로 젖히는 미르가지아 씨.

"해치웠다고…? 아니… 하긴… 그런 일에 관여되었음에도 아직 살아 있는 너희들이라면….

흐음…."

말하고 나서 무언가 생각에 잠겼다.

"저기… 그런데 우리들은 상황 파악이 전혀 안 되는데."

"아, 조금 이야기가 길어지니까 나중에 차분히 설명해줄게."

옆에서 묻는 루크에게 대답하는 나.

이윽고 미르가지아 씨는 고개를 들었다.

"그래….

다른 사람에게 말하지 않겠다면 너희들에게도 알려둘 필요가 있겠군."

"그러실 필요 없어요, 미르가지아 아저씨."

여자의 맑은 목소리는 이번엔 뒤쪽에서 들려왔다.

돌아보니 나뭇잎 소리 하나 내지 않고 수풀 속에서 모습을 드러내는 여자 한 명.

겉보기 나이는 스물 남짓. 금발을 길게 기른 미인이었다.

헐렁한 푸른 옷을 입고, 기묘하게 생긴 흰색 라이트 메일을 두르고 있다.

'겉보기'라고 한 건 달리 한 말이 아니다.

그녀가 실제로는 겉보기와 같은 나이가 아니기 때문이다.

뾰족한 귀, 투명할 정도로 흰 피부.

그 특징들은 그녀가 인간이 아니라 엘프족임을 나타내고 있었다.

인간의 몇 배나 되는 마력과 대여섯 배의 수명을 가진 종족으로 보통은 인간 앞에 모습을 드러내는 적이 거의 없는데.

어쨌거나 그녀는 단순 계산으로 환산하면 대충 백 년 전후는 산 셈이 된다.

그녀는 우리들에겐 눈길도 주지 않고 미르가지아 씨에게 말했다.

"인간 따위에게 이야기해봤자 도움이 되는 것도 아니고

오히려 혼란만 일으킬 게 뻔해요."

"인간 따위?"

그녀의 말에 루크가 핏대를 세웠으나 역시 그녀는 무관심.

"그렇게 말하지 말거라, 메피.

같은 땅에 살고 있는 자로서… 그들도 알 권리는 있으니까.

그리고 전혀 도움이 되지 않는 것도 아니고 말이다."

"하지만…."

"내가 정한 일이다, 그들에게 이야기하는 것은."

"네…."

미르가지아 씨의 단호한 말에 그녀…, 메피는 마지못해 고개를 끄덕였다.

"이야기가 끊겨서 미안하군. 이 애는 인간을 별로 좋아하지 않아서 말야."

"그런 것 같군요."

나는 그렇게 말하고 작게 어깨를 으쓱해 보였다.

인간이 한때 엘프족을 학대한 적이 있었던 건 사실이다. 비록 그것이 인간에게 있어선 옛날이야기라도 인간에 비해 대여섯 배의 수명을 가진 그녀들에게는 '얼마 전'의 사건에 불과하다.

"어디서부터 이야기해야 하려나. 최근 각지에서 레서 데몬 같은 하급 마족이 대량으로 출현하는 사건이 빈발하고 있다.

아무래도 패왕 그라우쉐라의 군대를 중심으로 하는 움직임인 것 같아.

나는 과거에도 이것과 똑같은 상황을 본 적이 있다."

"똑같다고요?"

"음,

데몬의 대량 발생. 사람들 사이에 퍼지는 불안. 불안은 그에 편승한 싸움을 불렀고 더한 혼란을 낳았지.

그때 모든 걸 획책한 건 패왕이 아니었지만…

돌아가는 상황은 똑같으니 아마 패왕의 목적도 같은 거겠지."

"무슨 말씀이죠…?"

내 질문에 미르가지아 씨는 잠시 침묵하더니….

이윽고… 무거운 어조로 이렇게 말했다.

"다시 말해… 강마전쟁의 재현이야…."

— 13권에 계속 —

작가 후기

작가 + L

작 : 이리하여 신장판!

「패군의 책동」을 보내드렸습니다!

L : 지난 후기와 이번 후기 사이에 독자 여러분도 내 활약에 대해 이리저리 상상해줬나 봐요. "저는 L 님께서 이런 활약을 하셨을 거라 생각했습니다"라는 편지가 오늘까지 자그마치 4만 통이나!

작 : 올 리가 있냐아아아아아아아!

동시발매라고! 동시발매!

시간적으로 무리! 100퍼센트 거짓말!

L : 쳇! 들켰나!

작 : 당연히 들키지!

애초에 「L대 전국 유명 료칸 미녀 지배인」이었던가?

그 타이틀만 가지고 상상할 수 있는 내용이라곤 네가 가는 여관마다 툴툴대다가 지배인과 맞붙는 전개 정도잖아.

L : 훗훗훗.

아직도 발상이 빈곤하군!

예를 들어주지, 배틀 요소를 넣어서!

스승이 살해당해 원수를 찾기 위해 여행길에 나선 나!

교토에서 유두부와 격투를 벌이고, 고베에서는 언제 나타날지 모를 고베 소를 사냥하기 위해 사방팔방 삼일밤낮을 헤매다 보니 어느새 무대는 오사카. 오코노미야키를 반찬으로 밥을 먹어도 되는지 아닌가를 놓고, 격렬한 배틀!

위기에 빠진 날 노리고 몰려드는 강적들! 고민 없이 그들을 돌려보내는 나!

작 : 돌려보내는구나!

L : 그밖에도 연애요소를 넣어서!

혼자 교토를 여행하는 나, 그곳에서 스쳐지나가던 유두부와 뜨거운 하룻밤을—

작 : 잠깐 잠깐 잠깐.

그거 배틀 스타일과 에로틱하게 말하는 차이는 있지만 결국 한 일이라곤 유두부를 먹었다, 이것뿐이잖아?!

게다가 미인 지배인은 나오지도 않았어!

L : 그런 건 아무래도 괜찮아!

작 : 괜찮은 거냐?!

그럼 타이틀과 내용이 달라지잖아!

L : 괜찮아! 큰 폭으로 달라진다 해도, 다소 맞는 부분만 있다면.

이런저런 일이 있은 후 숙소로 돌아갔더니 미인 지배인이 있더라, 그래서 인생 고생 경험을 가지고 입씨름을 벌였다, 이러면 돼.

작 : 그건 대체 무슨 내용인 거냐?! 읽은 독자가 우울증에 빠질 뿐
이겠다!

아니, 그 정도만 타이틀과 맞아떨어지면 되는 거야?!

L : 무슨 소릴 하는 거람.

그러는 댁은! 이 「패군의 책동」도 '패왕 휘하 무리들이 무언가
책동하는 듯 보인다, 라고 썰렁한 개그 브레스를 토하는 드래
곤이 말했습니다' 정도만 타이틀과 들어맞잖아.

다음 권에서 역시 예상이 맞았어, 라는 결론이 나오긴 하지만.

작 : 윽…!

실제로 원고는 다 썼는데 타이틀만은 아직 결정을 못한 그런
상황에 빠진 적도 몇 번이나 있긴 하지.

타이틀을 적당적당히 붙이는 바람에 내용이 조금밖에 들어맞
지 않는 경우도 종종.

그래서 단편집을 내려는 요즘, 타이틀만 가지고 리스트를 짜
도 '이게 어떤 내용이었더라?' 하고 고민하는 경우도 생기곤
하지.

L : 그렇다면 미인 지배인이 잠깐만 나오는 것도 가능, 한 거지?

작 : 윽…!

그래, 괜찮겠지… 그건 인정한다.

L : 그럼 다음으로는 미스터리로 구성해서!

내가 떠나는 길마다 터지는 수수께끼의 살인사건!

작 : 흔한 내용이긴 하다만… 하긴, 지금까지 꺼낸 이야기 중에선 제일 재미있어 보이긴 하네?

L : 범인은 마지막까지 수수께끼!

작 : 잠까아아안!

　범인 추리와 트릭 풀이는?!

L : 응? 어째서 그런 걸 해야 하는데? 사건 조사는 경찰한테 맡기면 되는 거잖아.

작 : 아니, 그야 물론 매우 정당한 의견이긴 하지만!

　미스터리 구성이라며!

L : 뭔 소릴 하는 건지.

　미스터리란 직역하면 수수께끼. 즉 수수께끼가 많이 나오는 이야기란 의미. 수수께끼를 푼다고는 한마디도 한 적 없는데?

작 : 큭…! 그리고 보면 예전에 유행하던 「X-FILE」 같은 작품도, 장르는 미스터리 맞지…! 대부분의 괴사건은 우주인이나 미확인생물이 저지른 짓이라는…!

　―아니지, 그래도 잠깐!

　냉정하게 생각해 보니, 가는 곳마다 살인이 벌어진다니, 그럼 범인은 틀림없는 너잖아!

L : 아직도 그런 잠꼬대를.

　그런 주장이 통한다면 대부분의 시리즈 탐정물의 범인은 그 탐정 자신이 범인이 되어버리는데.

　그냥 우연히 그런 사건을 만났을 뿐이야. 우연히.

—무슨 일이 있어도 범인을 밝혀내고 싶다면, 훗날 내가 다른 료칸에서 뒹굴뒹굴거리며 TV를 켜니 지난번 마주한 사건의 범인이 잡혔다는 뉴스가 나오더라, 라고 전개하면 되지.

동기 같은 것도 전부 제대로 보도되고.

작 : 분위기가 안 살아….

L : 이렇게 다양한 예시를 보여드렸습니다만, 계속해서 독자 여러분도 내 이런저런 활약을 상상해 주세요.

작 : 예시라니… 여러분, 말려들면 안 돼요. 금방 건방을 떨게 되니까.

L : 그럼 여러분, 기다리고 있겠습니다 ♪

후기 : 끝

※ 이 책은 이전에 발행되었던 「슬레이어즈 12 패군의 책동」을
   가필수정한 것입니다.

슬레이어즈 12
패군의 책동

1판 1쇄 인쇄	2020년 7월 8일
1판 1쇄 발행	2020년 7월 15일

지은이	Hajime Kanzaka
일러스트	Rui Araizumi
옮긴이	김영종

발행인	정욱
편집인	황민호
본부장	박정훈
마케팅	조안나 이유진 이수정
국제판권	이주은 김준혜

제작	심상운 최택순 성시원
발행처	대원씨아이㈜
주소	서울특별시 용산구 한강대로15길 9-12
전화	(02)2071-2018
팩스	(02)749-2105
등록	제3-563호
등록일자	1992년 5월 11일
ISBN	979-11-362-3781-1 04830

SLAYERS Vol.12: HAGUN NO SAKUDO

ⓒHajime Kanzaka, Rui Araizumi 2008

First published in Japan in 2008 by KADOKAWA CORPORATION, Tokyo.

Korean translation rights arranged with KADOKAWA CORPORATION, Tokyo.

누계 2천만 부,
역대 최고의 라이트노벨
전설이 된 그들이 돌아왔다

리나 인버스와 그 파트너 가우리는 마검을 찾아 여행 중.
리나가 알아낸 정보는 마력의 검을 모으고 있다는 영주의 소문!
헛수고를 각오하고 솔라리아 시티로 찾아간
리나 일행의 시야에 들어온 것은
'평범한 척하지만 평범하지 않은 수많은 시설들'이었다.

HAJIME KANZAKA 칸자카 하지메 일러스트 | 아라이즈미 루이 번역 | 김영종

슬레이어즈 ⑩
솔라리아의 모략

누계 2천만 부,
역대 최고의 라이트노벨
전설이 된 그들이 돌아왔다

'마법사 여러분은 최우선으로 마법사 협회에 방문할 것'
이런 대자보가 붙은 것을 본 미소녀 천재 마도사
리나 인버스와 파트너 가우리는 마법사 협회로 향하던 중,
크림슨 타운에서 일어난 수상쩍은 사건 이야기를 듣는다.
사건의 주모자는 크림슨 마도사 협회의 평의장 카이라스.
크림슨을 다스리던 영주를 말살하고,
마을을 무력으로 지배하고 있다고 한다.
반란진압을 위해 크림슨 타운으로 향하던
리나를 막아선 것은 한 소녀였다.

HAJIME KANZAKA **칸자카 하지메** 일러스트 | 아라이즈미 루이 번역 | 김영종

슬레이어즈 ⑪
크림슨의 망집